漫步遐想录

[法] 让-雅克·卢梭————著

徐继曾————译

图书在版编目(CIP)数据

漫步遐想录 / (法) 让-雅克·卢梭著; 徐继曾译. —北京: 中央编译出版社, 2024.3 (2024.12 重印)
ISBN 978-7-5117-4399-2

Ⅰ.①漫… Ⅱ.①让… ②徐… Ⅲ.①散文集-法国-近代 ②日记-作品集-法国-近代 Ⅳ.① I565.64

中国国家版本馆 CIP 数据核字 (2023) 第 063004 号

漫步遐想录

选题策划	张远航
责任编辑	郑菲菲
责任印制	刘 慧
出版发行	中央编译出版社
地 址	北京市海淀区北四环西路 69 号 (100080)
电 话	(010)55627391(总编室) (010)55627318(编辑室)
	(010)55627320(发行部) (010)55627377(新技术部)
经 销	全国新华书店
印 刷	北京盛通印刷股份有限公司
开 本	880 毫米 ×1230 毫米 1/64
字 数	81 千字
印 张	3.5625
版 次	2024 年 3 月第 1 版
印 次	2024 年 12 月第 2 次印刷
定 价	40.00 元

新浪微博：@ 中央编译出版社 微 信：中央编译出版社 (ID : cctphome)
淘宝店铺： 中央编译出版社直销店 (http: //shop108367160.taobao.com) (010)55627

本社常年法律顾问：北京市吴栾赵阎律师事务所律师 闫军 梁勤
凡有印装质量问题，本社负责调换。电话：(010)55626985

目 录

漫步之一	/ 1
漫步之二	/ 17
漫步之三	/ 35
漫步之四	/ 62
漫步之五	/ 96
漫步之六	/ 116
漫步之七	/ 138
漫步之八	/ 168
漫步之九	/ 191
漫步之十	/ 218

漫步之一

我在世间就这样孑然一身了,既无兄弟,又无邻人;既无朋友,也无可去的社交圈子。最愿跟人交往,最有爱人之心的人竟在人们的一致同意下遭到排挤。他们以无所不用其极的仇恨去探索怎样才能最残酷地折磨我这颗多愁善感的心,因此把我跟他们之间的一切联系都粗暴地斩断了。尽管如此,我原本还是会爱他们的,我觉得,只要他们还是一个人,他们是不会拒绝我对他们的感情的。然而他们终于在我心目中成了陌生人,成了从未相识的人,成了无足轻重的人,因为这是他们自己的本愿。而我脱离了他们,脱离了一切,我自己又成了怎样一个人了呢？这就有待于我去探索了。不幸，要进行这样的探索，我就不能不对我的处境先作一番回顾：我必须通过这番思索，才能从谈他们转为谈我自己。

十五六年以来，我一直处在这样一种奇怪的景况中，依然觉得这仿佛是春梦一场。我总想象我是受着消化不良的折磨，老是在做着噩梦，总想象我就要摆脱一切痛苦，醒来时可以跟我的朋友们重新欢聚一堂。是的，毫无疑问，我一定是在不知不觉之中，从清醒转入沉睡，或者，说得更确切些，从生转入死。我也不知怎样被排除于事物的正常秩序之外，眼看自己被投入无法理解的混沌之中，现在还是什么也看不清。我越是对我当前的处境进行思考，越是不明白我现在置身何处。

唉！我当时怎能预见到等待着我的命运是什么？我今天还受着它的摆布，又怎能去理解它？我怎能以我的常识来设想，我过去是这样一个人，现在还是这样一个人，怎么会被别人看作是，被毫无疑问地肯定是一个没有心肠的人，一个下毒害人的人，一个杀人的凶犯；怎么会成为全人类为之毛骨悚然的恐怖人物，成为无耻之徒手中的工具；怎么会成为遭到人人唾面的人；怎么会成为整整一代人乐于活埋的人？当这奇怪的变迁产生时，我万万没有料及，不免深为震惊。激动与愤怒使我陷于谵妄状态中达十年之久，随后才慢慢平静下来；在这期间，我一错再错，一误再误，做了一件又一件的傻事，以我的鲁莽行为为操纵我命运的人提供了一件又一件的武器，他们巧妙地加以利用，使我的命运陷于万劫不复的境地。

我曾长期拼命挣扎，但是无济于事。我这个人既无智谋，又乏心计，既无城府，又欠谨慎，坦白直爽，焦躁易怒，挣扎的结果是越陷越深，不断地向我的敌人提供可乘之机，而他们是绝不会不利用的。我终于感到我的一切努力全归无效，徒然自苦而一无所得，于是决心采取唯一可取的办法，那就是一切听天由命，不再跟这必然对抗。通过这种顺从，我得到了内心的宁静，而这是长期既痛苦又无效的抗拒所无法提供的，这样，我的一切苦难也就得到了补偿。

　　我之所以得到这种内心的宁静，还有另外一个原因。迫害我的人在无所不用其极仇恨我时，却被敌意蒙住了眼睛，忘了使用一计，他们把他们的全部招数一下子全都使了出来，而不是随时准备给我新的打击，使我永远处于层出不穷的痛苦之中。如果他们的计谋更深，随时让我还存一线希望，那么，他们就会使我依然处在他们的掌握之中。他们还用他们的圈套，使我成为任凭他们摆布的玩物，使我的希望落空而受新的折磨，新的痛苦。然而他们却是把他们的全部能耐一下子都施展出来，他们既对我不留余地，也使自己黔驴技穷。他们对我的诽谤、贬低、嘲弄、污辱早已无以复加,当然不会有所缓和,但也无法再有所增强,我也无法从中脱逃。他们已如此急于把我推到苦难的顶峰,以至全部人间的力量,再加上地狱中的一切诡计,也不能再使之有所增长。肉体的痛苦不但不能增加我的苦楚,反而使我忘掉精神上所受的折磨。它在使我高声叫喊时,也许可以使我免于呻吟,而我肉体的痛苦也许可以暂时平息我心灵的创伤。

既然他们已经无所不用其极,我为什么还要怕他们呢?他们既然已不能使我的处境更糟,也就不能再使我产生什么恐慌。他们已使我从此免于不安和恐惧,这对我倒是一个宽慰。现实的痛苦对我起不了多大作用;我很容易顶住身受的痛苦,而对担心会降到头上的痛苦就不然了。我那惊人的想象力把这样的痛苦交织起来,反复端详,推而广之,扩而大之,期待痛苦比身受痛苦给我的折磨更胜过百倍,对我来说,威胁比打击更加可怕。这样的痛苦一旦来到,那么事实就把这痛苦原来孕育着的想象的成分除去了,从而暴露出它本身究竟有多大分量。这时,我就觉得它比我原来设想的要轻得多,甚至就在忍受时,也觉得舒了一口气。在这样一种情况下,我得以免于任何新的担心,免于在心怀希望时感到不安,单凭习惯的力量就足以使我一天比一天地更能忍受这不能变得更坏的处境,而当我的感情随着时日的迁移而逐渐迟钝时,他们也就无法再把它煽动起来,这就是迫害我的人在把他们的全部解数心怀敌意地一次施展出来时给我带来的好处。他们对我已经无所施其技,使我从此就可以对他们毫不在乎了。

不到两个月以前,我的心恢复了彻底的平静。很久以来我就什么也不再害怕了,然而我还存着希望,而这份希望时隐时现,成为一种诱饵,我思虑万千,因为这一希望在不断地激励我的心。一件始料所不及的惨事①终于抹去了我心头这一线微弱的希望之光,使我看到我那今生无法逆转的命运,从而反得以重获安宁。

当我一旦看出这阴谋的全部规模时,我就永远放弃了在我生前重新把公众争取到我这一边来的念头,这种恢复,由于不再可能是有来有往的行动,甚至也不会对我有多大用处。人们即使想回到我身边来也是枉然,他们再也找不到我了。由于他们曾如此鄙视我,所以跟他们的交往也会是索然乏味,甚至成为一种负担,而我生活在孤寂之中要比生活在他们之中幸福百倍,他们已把社交生活的乐趣从我心中连根拔除了。在我这样的年龄,这样的乐趣再也不可能在我的心中萌发。为时已经太晚了。从此以后,不管他们对我行好还是使坏,我对

---

① 指本书《漫步之二》中所说的那次事故。在那次事故后,卢梭看到了人们在他身后会怎样对待他。

他们的所作所为都已感到毫无所谓,也不管我的同代人做些什么,他们对我也永远是无足轻重的了。

但我还是寄希望于未来,希望较优秀的一代在更好地考察这一代对我的评断、更好地考察这一代对我的所作所为时,将不难看清我的本来面目。正是这一希望促使我写出了我的《对话录》,启发我作出万千愚蠢的尝试来使这部《对话录》能传诸后世[①]。这个希望虽然渺茫,却曾使我心潮澎湃,就跟我当年还在当代寻找一颗正直的心的时候那样,而尽管我把我的希望寄托于遥远的将来,它却照样使我成为今天大家取笑的对象。我在《对话录》中说出了我的期待据以建立的基础。我那时错了。我幸而及时感到了这一点,还能在我最后时刻到来之

---

① 指1776年2月24日企图将这部作品的手稿藏进巴黎圣母院的主祭坛中,以及又将此书内容摘要抄写多份,在街上散发。

前得到一个充分安定、绝对宁静的阶段。这一阶段开始于我现在所谈的时期,而我有理由相信,它是不会再中断的了。

我原来指望,迟早总有那么一天,哪怕是在另一个时代,公众将会回心转意,但几乎每天都有新的证据证实我错了;因为在对待我的问题上,公众是接受一些向导的指挥的,而在对我表示强烈反感的团体当中,这些向导在不断更新。个人会死去,这些团体是不会死去的。同样的激烈情绪会在那里长期存在下去,而他们那种既强烈又跟煽动它的魔鬼同样长生不死的仇恨,总是同样富于生命的活力。当我的那些敌人都死了时,医生和奥拉托利会①会员总还会有活着的;而即使当迫害我的人仅仅只有这两个团体时,我相信他们也不会让我身后的声名无损,就跟他们在我生前不让我个人得到安

---

① 奥拉托利会是 17 世纪初在巴黎成立的天主教修会。

宁一样。也许，随着时间的推移，我确实曾经冒犯过的医生们可能平静下来，而我过去爱过、尊敬过、充分信任过而从未冒犯过的奥拉托利会会员，这些教会人士和半是僧侣的人却始终不会对我留情；我的罪过虽然是他们的不公正造成的，他们却出于自己的面子而绝不会对我宽恕；他们要竭力维持并不断煽动公众对我的敌意，所以公众跟他们一样，也是不会平静下来的。

对我来说，这世上的一切都已经结束。人们对我已经再也行不了什么好，使不了什么坏了。我在这世上也既无可期待，也无所畏惧。我这个可怜的凡夫俗子命途多舛，就这样安安静静地待在深渊底里。然而我却跟上帝一样泰然自若。

一切身外之物从此就与我毫不相干。在这人间，我也就不复再有邻人、同类和朋友。在这块大地上，我就像是从另外一个星球掉下来的一样。我要是在周围碰见什么的话,那无非是些刺痛我心、撕裂我心的东西,而当我环顾四周时,总不免看到一些使我为之震怒的应该予以蔑视的东西,一些叫人心酸的痛苦的事。所有那些我会痛苦地但又徒劳无益地去过问的令人伤心的事,我都要从心底抹去。既然我现在心中只有宽慰、希望和安宁,在有生之年又是孑然一身,我就只应也只愿过问我自己。正是在这样的心情下,我继续进行我过去称之为"忏悔"的严格而坦率的自我审查。我将把我的余生用来研究我自己,预先准备好我不久就将提出的那份汇报。我要投身和我的心灵亲切交谈这样一桩甜蜜的事里去,因为我的心灵是别人无法夺走的唯一的东西。在通过对我的内心素质进行思考时,如果我能把它理得更有头绪,并能纠正我心里还存留的缺点,那么我的沉思也就不至完全无用,尽管我在这世上已一无是处,但我的有生之年还不至完全虚度。我每天在散步时常作一些令人神往的沉思默想，遗憾的是已经不复记忆了。我将把那些还能想得起的笔之于书，今后每次重读还能得到一点新的享受。我要把我的苦难、我的迫害者、我蒙受的耻辱统统忘却，只去想我的心灵理应得到的褒奖。

这些篇章实在只是我的遐想的一种没有定型的记录。这里谈的很多是我自己，因为一个孤独的人在沉思时，必然想自己想得多些，不过，凡是散步时在我脑中闪过的奇怪念头也都会有它们的地位。我是怎么想的就怎么说，其间没有多少联系，就跟一个人前一天所想的跟第二天所想的通常没有多少联系一样。但是，通过在我所处的奇特的处境中每天在我头脑中出现的感情和思想，总有助于对我的天性和我的气质产生新的认识。这些篇章因此可以看成是《忏悔录》的一个附录，但我不再给它这个名称，因为我感到再也没有什么能和这一名称相称的事情可说了。我的心已在困厄的熔炉中得到净化,现在再仔细探查它时,已很难找到还有什么该受责备的倾向的残余了。一切人间的感情既然已从心中根除,我还有什么要忏悔的呢?我既不再有什么地方可以自夸,也不再有什么地方应该自责,我在世人中间从此就等于零,而跟他们既不再有什么真正的关系,也不再有什么真正的相处,我也只能是等于零了。既然随便想做什么好事,结果总会变成坏事,想做什么事情不是害人就是害己,我的唯一的职责就只能是闪避在一边,我将尽我所能恪守这一职责。不过,我的身体虽然无所事事,我的心却还活跃,还在产生思想和感情,而由于任何人间的世俗的利害都已在我心中泯灭,内心的精神生活似乎反而更加丰富。对我来说,我的躯壳已不过是个累赘、是种障碍,我将尽可能早日把它摆脱。

　　这样奇特的处境自然值得研究和把它描写

出来，我的最后余暇也将用之于这项研究。为了把它做好，理应进行得有条不紊；然而我已无力从事此类劳作，同时我的目的是在于把我心中的变化和这些变化的来龙去脉记载下来，这种做法甚至反而可能使我偏离我的目的。我将在自身进行一种在一定程度上和科学家为研究大气逐日变化所作的观察同样的观察。我将用气压计来测试我的心灵。这样的测试如果进行得好，持之以恒，就会提供跟科学观察同样精确的成果。然而我并不想把我的工作做到这样的水平。我将以把观测结果记录下来为满足，并不打算从中找出什么规律。我现在所做的是跟蒙田[①]同样的工作，但是目的完全相反：他的《随笔集》完全是写给别人看的，我的遐想纯粹是写给自己看的。如果当我年事更高，在临近

---

① 蒙田（1533—1592），法国文艺复兴时期的思想家、散文家，著有《随笔集》。他通过自己的思想和心理活动来分析人性，因而成为现代哲学、科学和文学的先驱。

离世时还能如我所愿继续处在现在这样的景况的话,那时我在重读我的遐想时,就能重尝我在撰写时的甘美,使逝去的岁月得以重现,这也可说是使我的生命延长了一倍。我将得以无视众人的阻挠,重尝社会的魅力;我将在衰迈之年跟另一个时代里的我生活在一起,犹如跟一个比我年轻的朋友生活在一起一样。

我在写《忏悔录》和《对话录》时经常焦虑操心,总想找到一个办法来使它们不至落入我的迫害者的贪婪之手,使它们尽可能传诸后世。在写这部东西时,这样的焦虑已不再折磨我了,因为我知道即使焦虑也是枉然,得到大家更好的理解这样一个愿望已在我的心中熄灭,留下的只是对我真实的作品以及能表明我清白的证件的命运彻底的不在乎,这些作品和证件本也可能早就永远销毁了。别人窥探我的行动也好,为我现在所写的篇章感到不安也好,把它弄走也好,把它删节也好,篡改也好,我都毫不在乎。我既不把我的篇章隐藏起来，也不出示于人。如果有人在我生前把它抢走，他们却抢不走我在撰写时的乐趣，抢不走我对其中内容的回忆，抢不走我独自进行的沉思默想；正是这些沉思默想产生了我的遐想，而它们的源泉只能跟我的心灵一起枯竭。如果我从最初遭灾时起，就懂得不去跟命运对抗，采取我现在采取的办法，那么人们的一切努力，他们的全部骇人听闻的计谋对我也就产生不了任何效果，他们那无所不用其极的阴谋诡计也就扰乱不了我的安宁，正如他们今天虽已得逞，却不能使我稍为所动一样。让他们尽情为我所蒙受的屈辱兴高采烈吧，他们是绝不能阻止我为自己的清白无辜、为自己能排除他们的干扰安享余年而欢欣鼓舞的。

漫步之二

我处在任何凡人所不能经历的最奇特的处境中。自从我计划要把我的心灵在这种处境下的常态记录下来之后,我发现要从事这样一项工作,最简单最可靠的办法莫过于在让我的头脑无拘无束、让我的思想纵横驰骋时,把我独自进行的漫步以及漫步时涌上心头的遐想忠实地一一记载下来。在一天当中,只有在这孤独和沉思的时刻,我才充分体现我自己,自由自在地属于我自己,能毫不含糊地这样说自己正是大自然所希望造就的那种人。

我不久就感到,执行这个计划已经为时过晚。我的想象力已经不再那么活跃,不能再像过去对某一对象沉思默想时那样迸发出火花来了，也不再能沉醉于遐想的狂热之中了；我的想象力的产物已是回忆多而创造少；一种疲惫之感使我的一切智能都变得软弱无力；生命之火在我心中慢慢熄灭；我的心要挣脱它的包膜已经不是那么容易；而我感到我有权向往的那种境界已完全无望达到，今后也只能是在回忆中度日了。因此，为了在暮年到来之前对有关自己之事作一次沉思默想，我至少得回顾几年已逝的岁月，回到那此生已失去一切希望、在这块大地上已找不到可以哺育我心的养料的时光——正是在那时，我才慢慢习惯于以我的心自身来哺养它，就在我自己身上搜寻它的全部养料。

  这个来源，虽然我发现得已经太晚，却是非常丰富，马上就使我对一切都得到补偿。省察内心这种习惯终于使我丧失对自己苦难的感受，甚至是对它的回忆；我这就亲身体会到真正的幸福的源泉就在我们自己身上,要想把懂得怎样追求幸福的人置于真正可悲的境地,那真是非人力之所及。四五年以来,一颗对人怀有深情的温柔的心在沉思之中所得的欢畅,我是经常尝到的。我有时在独自散步时体会到的那种欣喜若狂、心旷神怡的境界,是一种应该归功于我的迫害者的享受:要是没有他们,我就永远发现不了也认识不到在我自己身上的这一宝藏。在如此丰富的资源当中,怎样去作一份忠实的记录呢?当我想回顾这么多甘美的遐想时,结果是无法把它们记录下来,反而又一次陷入这样的遐想之中。这种境界是通过回顾得来的,而当你完全不能感知这种境界时,你也就无从认识这种境界了。

在决心写《忏悔录》续篇后我进行的那些漫步中,对这样的效果我深有体会,特别是在下面要谈的那一次。在这次漫步中,一次意外事故打断了我的思路,一下把它导向了另一方向。

1776年10月24日是个星期四，我在午饭后沿着林荫大道一直走到绿径街，然后走上梅尼孟丹山冈，从那里踏上穿过葡萄园和草地的小径，直到夏罗纳村，饱赏这两个村庄之间的明媚风光，然后我绕了一个弯，从另外一条路回到那片草地。美丽的景色总激起我极大的喜悦和乐趣，我也正是这样兴高采烈地穿越这片草地，不时停下来注视绿丛中的花草。我忽然发现了两种巴黎近郊很少见到的品种，而在这一带却非常茂盛。一种是菊科的毛连菜，一种是伞形科的柴胡。这一发现使我深感兴趣，欣喜若狂，结果又发现了一种更罕见的品种，特别是在地势较高的地方难得见到的品种：水生卷耳。尽管当晚发生了事故，后来我还是在随身携带的一本书里找到了它，就把它收进我的标本集里。

此外那里还盛开着好几种花，虽然它们的外形和科目是我所熟悉的，然而我还是饶有兴趣地仔细看了一番，然后慢慢结束这局部的观察，开始品味这整个景色给我留下的同样愉快而且更加感人的印象。葡萄的收摘已经结束好几天了，城里的游客已经回去；农民也正离开田地，要到冬季的农活开始时再回来。田野依然一片翠绿，明媚宜人，但有些地方的树木已开始落叶，显得有点冷落，展现出一种荒凉和冬天临近的景象。田野的景色给人既甘美又悲凉的印象，这跟我的年龄和命运太相似了，怎能使我不触景生情？我自己也正处在清白无辜而命途多舛的一生的晚年，胸中充满了强烈的感情，心上虽还有着几朵花儿作点缀，然而已被悲哀摧残得凋谢、被苦难折磨得枯萎了。孑然一身，举目无亲，我已经感到初霜的寒冷，我那行将枯竭的想象力已经无法照我的心愿去设想会有人来伴我度过这孤寂的余生。我不禁长叹：在这世上我到底做了些什么？天之生我本是为了要我活下去，然而我却没有生活过就要死去了。这至少不是我的过失,我要奉献给我生命的创造者的礼品,虽然不是人们没有让我去做的善举,但至少是些遭受挫折的善意,是健康然而未曾生效的感情,是经受了人们蔑视考验的耐心。想到这里,我的心平静下来了;我把我的心灵的活动回顾一番,从童年直到成年,从被剥夺跟他人的交往直到现在这行将就此了此余生的隐退生涯。我满怀喜悦地追忆发自我心的一切感情,追忆它那如此亲切而盲目的眷恋之情,回顾几年来在我头脑中产生出来、予我以慰藉甚于悲哀的那些思想。我准备对所有这一切都进行充分的回顾,以便怀着与追思时同样喜悦的心情把它们记载下来。这个下午我就在这样宁静的沉思中度过,而正当我庆幸这一天没有虚度而准备回家时,却被下面要说的这件事把我从遐想中召回。

大约六点钟光景,我正从梅尼孟丹山冈下来,走到差不多正对风流园丁酒店的地方,走在我前面的几个人突然闪开，只见有条高大的丹麦狗在一辆马车前飞奔，向我扑来。当我瞧见它时，它已来不及刹住脚或拐向一边。这时我想，要想不被它撞倒在地，唯一的办法就是腾空一跃，让狗在我还没着地之前就穿过去。这个念头来得比闪电还快，既没时间多想，也没时间照办，只是事故之前的最后一念罢了。直到我苏醒过来以前，我既没感到被狗撞着，也没感到自己倒下，后来的事也就一无所知了。

当我恢复神志时，天差不多已经黑了。我发现自己正在三四个年轻人的怀抱里，他们把刚发生的事对我讲了。那条狗控制不了它的飞奔，撞上我的双腿，以它的重量和速度，撞得我头朝前跌倒在地；上颌承受着全身的重量，碰在十分崎岖不平的路面上，而那里正是下坡，脑袋比双脚跌落的位置还低，跌得也就更重了。

那条狗的主人的马车紧接着就跟上来了，要不是车夫及时勒住缰绳，可能就要从我身上压过去了。这些就是把我扶起来,当我醒来时还抱着我的那几个人对我说的。在我醒来的那一刹那间我所见到的情景是如此奇异,这里便不能不说上几句。

天越来越黑了,我看到了天空、几颗星星以及一小片花草。这第一个感觉的一刹那真是甜蜜。我只是通过这一感觉才感到自己的存在。我就是在这一刹那间复活过来的,我仿佛觉得我所见到的一切都使我感到我那微弱生命的存在。在那一瞬间我全神贯注,别的什么都记不起来了,对自己的健康状况也没有什么清楚的意识,对刚发生的事也毫无概念,我不知道我是谁,又是在什么地方;我既感觉不到痛苦,也没有什么害怕和不安。我看着我的血流出来,就跟我看小溪流水一样,丝毫也没想到这血是从我身上流出来的。在我心底有着一种奇妙的宁静的感觉,现在每当我回顾此事时,在我所体会过的一切乐趣中我找不出任何可与之相比的东西。

他们问我住在什么地方，我却答不上来，我问他们我在什么地方，他们说是在奥特博纳路，我听了倒像是在阿特拉斯山①似的。我接着问我是在哪个国家、哪个城市、哪一地区，结果还是想不起我在什么地方，直到从那里一直走到林荫大道上，我才想起我的住址和我的姓名。有位素不相识的先生好心陪我走了一段，当他知道我住得那么远的时候，就劝我到圣堂雇辆马车回去。我走得很好，步履轻盈，虽然还咯出很多血，但既不痛，也感觉不出哪儿有伤；只是冷得发颤，松动的牙齿格格作响，很不舒服。到了圣堂，我想，既然我走起来没有困难，那么与其坐在车上挨冻，还不如继续走着回去。就这样，我走完了从圣堂到普拉特里埃街②间的两公里路程，既无困难，也能闪避一

---

① 阿特拉斯山在北非。
② 卢梭于1770年6月至1778年5月住在这里。

切障碍和车辆，所选的路线就跟我身体健康时一样。我走到了，打开临街门上的暗锁，在黑暗中摸上楼梯，走进我的家；别的意外倒没有发生，只是最后摔倒在地上了。这一跤是怎么摔的，后来又发生了什么事，当时我一点也不知道。

我的妻子在看到我时发出的尖叫，使我明白我受的伤比我所想象的要重得多，然而当晚却安然度过了，也没有觉得哪里疼痛。到了第二天才发现，上唇从里面一直裂到鼻子那里，而在外面因有皮肤保护，才没有裂成两片。四颗牙嵌进了上腭，整个上腭都相当青肿。右手的大拇指扭伤了，肿得很厉害，左手的大拇指受了重伤，左胳臂也拧了，左膝盖也肿得很厉害，挫伤使我疼痛难忍，弯不下去。尽管受了这么严重的伤，幸亏哪儿也没有折断，连一颗牙也没有碎；对摔得那么重来说，这真够幸运的，像奇迹一样。

以上就是这次意外事故的忠实记载。不出几天，这消息就传遍了整个巴黎，但经过一番歪曲篡改，结果变得面目全非。这样的篡改，原不出我之所料，但我却没想到有人会编出那么多荒唐的细节，讲了那么多捕风捉影、吞吞吐吐的话，在我面前谈起时又是那样的躲躲闪闪，这样的神秘莫测倒使我不安起来了。我一向是讨厌这种高深莫测的神秘气氛的，多少年来我身边的这种气氛使我产生的恐惧之感一直就没有消失过，现在自然更有增无减了。在当时的种种怪事之中，我现在只提一件，其余的也就可想而知了。

警察总监勒努瓦先生，我跟他从来没有任何联系，却打发他的秘书来打听我的消息，殷切地提出要为我效劳。而他的那些建议，我看对我的康复并没有多大好处。他的那位秘书免不了一个劲儿敦促我接受他的劝告，甚至说如果我对他不信任，可以直接给勒努瓦先生写信。

这种殷勤劲儿,还有那种吐露衷情的神气,叫我看出里面必有文章,然而我又猜它不透。那次事故的发生,继之而来的高烧,使我心里本已焦急不安,即使没有这样的事也够使我担惊受怕的了。万千令人不安、使人愁肠百结的猜测在我脑海中翻腾,我对周围发生的事作出这样那样的解释。这些解释与其说是体现了一个对任何事都无动于衷的人的冷静,倒不如说是一个高烧病人的谵妄。

另外一件事又来加深我心中的不安。有那么一位多穆瓦夫人,几年来总是来找我,也猜不透是为了什么。不时送点小小的礼物,经常无缘无故登门,作些索然乏味的拜访,这些都说明她怀着什么不可告人的隐秘意图。她说起过她要写一部小说献给王后。我把我对女作家的观感对她说了。她转弯抹角地告诉我说,她写这部小说是为了重振家业,需要有人荫庇;这些,我都无可奉告。后来她又说,由于她无从接近王后,她决定把那部作品公开发表。我没有必要向她提什么忠告,因为她既没有向我讨教,而且即使我说了,她也是不会听的。她说要在发表以前把原稿送给我看看。我求她千万别这么办,她也就没有送来。

有一天,我病还没有全好,却收到了她的书①,已经印好了,连装订都已完成,序言里对我夸奖备至,但语言粗俗,虚情假意,矫揉造作,使我极度不快。一目了然的拙劣谄媚决不会出之于善意,这我是不至上当的。

过了几天,多穆瓦夫人又带了她的女儿来看我。她告诉我,那部书的一条注解,引起了轩然大波。原先我在翻阅这部小说时却没怎么注意到这条注解。多穆瓦夫人走了以后,我就注意琢磨这条注解的文字,这才发现她的访问、她的奉承以及序言里的谀辞的动机何在。我想,

---

① 这部小说以《青年女子埃米莉哀史》为题,出版于1777年。

所有这一切,其目的无非是诱导公众相信这条注解出自我手,把公众可能提出的指责引到我的头上。

我毫无办法去平息风波,消除它可能产生的影响,我所能做的就是不再容忍多穆瓦夫人和她的女儿继续对我进行虚情假意、招摇撞骗的访问,免得再给风波火上加油。下面就是我写给多穆瓦夫人的便条:

鄙人不在舍下接待任何作家,对夫人盛情谨致谢意,并请夫人勿再枉驾是幸。

她给我回了一封信,表面上客客气气,字里行间却蕴含着世人在类似情况下给我写的信里的同样的味道:我这是在她那敏感的心上插了一刀,从她信上的语气看来,她既对我怀有如此强烈、如此真实的感情,现在这么断绝来往,那是非死不可的了。这世上就是这样,在任何事情上表现出来的正直坦率都是可怕的罪过；在我的同代人看来，我既心地不正，又残酷无情，其实在他们心目中，我也没有什么别的罪过，只不过是不像他们那样虚伪，不像他们那样奸诈罢了。

我已好几次离家走动，甚至时常到杜伊勒里宫去散步，有一天却发现有好几个人在遇见我时现出一副不胜诧异的神色，这才看出还有一些有关我的消息，连我自己都还不知道呢。我终于打听出来了，原来谣言四起，说我已经摔死了，这谣言传得那么快，那么难以平息，就在我打听出来半个多月以后，还有人在朝廷里说这是千真万确的。有人写信告诉我，《阿维尼翁信使报》在公布这一喜讯时，还曾以向我致悼词的形式，预言人们在我死后献给我的祭品将是辱骂和痛恨。

随着这个消息而来的还有一个更离奇的情况，是我偶尔听到的，迄今无法得知其详。有人曾办理预订手续，准备把以后在我家中找出的手稿付印。我这就明白，原来有人早就准备好了一部蓄意伪造的文集，好在我死后立刻伪造是我的作品出版。如果以为有人果真会把收集到的我的手稿忠实付印的话，那就真够愚蠢的了，这是任何有理智的人无法设想的，十五年来的经验早就使我不作此想了。

这些接踵而来的事件，再加上另外好些同样令人震惊的情况，把我原以为已经麻木了的想象力又惊醒了，而大家不遗余力在我周围布下的幢幢黑影自然又煽起了我心中的恐惧之感。我对这一切作出万千解释，竭力想去窥透这难解的谜团，结果搞得心力交瘁。这么多的谜只能产生一个结果，那就是肯定了我从前的一切结论：我个人的命运和我的名声已经被这一代人一致确定，我所作的任何努力都无法使我摆脱这一切，因为我如想把任何记录传之后代，就不能不先通过某些人之手传到当今这一代，而这些人都是蓄意要把这记录销毁的。

　　这次我想得更多。这么多出乎意料的情况，所有我那些死敌都由于命好而步步高升，所有那些执掌国家大事的人，所有那些指导公众舆论的人，所有那些身居高位的人，从所有那些暗中和我结仇的人中选出的对我进行阴谋暗害的人，他们之间的协同一致是如此异乎寻常，不可能是纯出偶然。然而只要有一个人拒绝充当同谋，只要发生一件阻挠的事，只要有一个前所未料的情况出来拦挡，就足以使这阴谋归于失败。可是所有的意志，所有的宿命，事态的一切演变却都使这些人勾结得更紧；他们那类似奇迹似的协同一致使我无法怀疑这阴谋的彻底成功是早就写在神谕上了。无论是过去还是现在看到的大量事实，都使我的这种想法得到证实，使我不能不从此把我原来认为是人的歹意的产物看成是人的理性所无法识透的上天的秘密。

这种想法，不但没使我感到痛苦心碎，反而使我得到安慰，使我安静下来，帮助我俯首听命。我不像圣奥古斯丁①那样走得那么远，他认为如果自己受罚是出于上帝的意志的话，也就从中得到了安慰。我的认命之所以产生，其动机确实不是那么毫无利害观念，然而却是同样纯洁，而且在我看来，更无愧于我崇拜的"完美本体"②。上帝是公正的；他要我受苦受难，然而他知道我是清白的。我的信心正是由此而产生；我的心和我的理智向我高呼，告诉我：我的信心决不我欺。

因此，让人们和命运去做这做那吧，我要学会无怨无艾地忍受；一切都将恢复正常秩序，轮到我的那一天也迟早要来临的。

---

① 圣奥古斯丁，四世纪基督教神学家，主要著作有《忏悔录》《论上帝之城》等。

② 即上帝。

漫步之三

"我年事日长而学习不辍。"

梭伦[①]晚年经常反复吟咏这行诗。从某种意义上来说,我在晚年也是可以这么说的;但二十年来的经历教给我的知识却是十分可悲的,愚昧倒比知识更为可取。困厄无疑是个很好的老师,然而这个老师索取的学费很高,学生从他那里所得的时常还抵不上所缴的学费。此外,人们还没从这开始得太晚的功课中学到全部知识,而运用的机会却已经错过了。青年是学习智慧的时期,老年是付诸实践的时期。经验总

---

① 公元前六世纪雅典执政官,梭伦变法的领导者。这行诗引自普鲁塔克的《梭伦传》。

是有教育意义的,这我承认,然而它只在我们还有余日的时候才有用。在我们快死时才去学当初该怎样生活,那还来得及吗?

唉!对我自己的命运的认识以及对主宰我命运的人的感情的认识,掌握得已经太晚,经历的过程又那么痛苦,这对我能有什么用呢?我学会了更好地认识别人,但却使我对他们把我投入其中的苦难体会得更深,而这点知识虽能教会我发现他们所设的每个陷阱,却没能使我避开其中的任何一个。在那么多年中,我一直是我那些大吹大擂的朋友们的猎物和玩偶,我处于他们的罗网之中却没有起过丝毫疑心。为什么不让我一直保持这种虽然愚蠢但是甜蜜的信任感呢?不错,我受他们的愚弄,是他们的牺牲品,然而我当时却自以为得到他们的爱,我的心享受着他们在我身上激起的友谊,以为他们也跟我一样满怀友情。这些温馨的幻想已经破灭了。时间和理性终于向我揭示了那个可悲的真相,它在使我感到我的不幸的同时,也使我认识到这不幸已到了无可挽救的地步,唯一的办法就是听天由命。就这样,在我这种年纪取得的全部经验,对我所处的境况来说,已经没有什么实际的效用,对将来也是毫无裨益的。

我们在呱呱落地的时候就已进入一个竞技场,直到身死时才能离开。当赛程已到终点时,学习如何把车驾得更好又有什么用呢?这时该想的只应是怎样离去。一个老年人如果还该学习的话,那就只该学习怎样去死;而正是这种学习,人们在我这种年纪却极少进行;人们思考一切,唯独这是例外。所有的老人都比孩子更眷恋生活,都比年轻人更舍不得摆脱。这是因为,他们的全部努力都是为了这一生命,但在生命行将结束时却发现往日的辛苦全是白费。他们的事业、他们的财产、他们夜以继日的劳动的成果,当他们离世时统统都得舍弃。

他们从不曾考虑过生前能攒下一点死时可带走的东西。

我在为时还不太晚时就悟出了这番道理。如果说我还没有学会从这番道理中去得益的话,那并不是因为我没有及时思考,没有很好地加以消化。我从幼年时就被投入这个社会的旋涡里,很早就凭自己的经验认识到,我这个人生来就不适合生活于这一社会之中,我在这里永远也达不到我的心所祈求的境界。我那热烈的想象力不再在人间寻找我感到无法在那里找到的幸福,它超越了我那刚开始不久的生命,飞向一个陌生的领域,在那里定居下来,安享宁静。

这种情感得到我自幼所受教育的哺育,又被我多灾多难的一生所加强,使我随时都以任何人所不及的兴趣和细心去认识我的本性和用处。我见过许多人在探讨哲理时书生气比我更足,但是他们的哲学可说是同他们自己毫不相干。他们力求显得比别人博学,他们研究宇宙是为了掌握宇宙的体系,就好像是纯粹出于好奇才研究一部机器似的。他们研究人性是为了能夸夸其谈一番,而不是为了认识自己;他们学习是为了教育别人,而不是为了启发自己的内心。他们中有好些人一心只想著书,只想能被欢迎,也不管那是什么样的书。当他们的书写好了,发表了,对它的内容也就再也不感兴趣了,除非是为了要使别人接受,或者在遭到攻击时要为它进行辩护,而且他们也不会从中汲取什么来为己所用,也不为内容是否正确而操心,只要不遭到驳斥就万事大吉。至于我,当我想学点什么东西的时候,那是为了使自己得到知识而不是为了教育他人;我一贯认为,要教育他人,自己首先得有足够的知识;而我一生中想在人群中进行的全部学习,几乎没有哪一项是我不能在原打算在那里度过余年的荒岛上独自进行的。我们应做的事在很大程度上取决于我们的信仰;而除了与我们基本的自然需要有关的事物外,我们的观点是我们的行为的准则。根据我一贯坚持的这个原则,我经常长时间地探索我生命的真正目的究竟是什么,以便指导我一生的工作,而我很快就不再为自己处世的无能而痛苦,因为我感到根本就不该在世间追求这个目的。

我出生于一个讲求道德、虔诚信教的家庭,在一位贤明而笃信宗教的牧师家庭中愉快地成长,从幼年起就接受了以后从没完全抛弃的原则和格言——有人说是成见。还在童年时我就独立生活,在爱抚的吸引下,在虚荣心的蛊惑下,为希望所诱骗,为形势所逼迫,当了天主教徒,但我仍然是个基督徒;不久以后,出于习惯,我的心对我的新的宗教产生了真挚的感情。华伦夫人[①]的教导和榜样加强了我的这份感

[①] 卢梭于1728年3月与华伦夫人初次见面,1732年到1741年间,曾和她生活在一起。请参看《忏悔录》第一部第二至第六章。

情。我在乡间度过了青春年少时期,那里的孤寂生活和我全神贯注地阅读的好书,加强了我对深挚感情的天赋禀性,使我变成类似费纳龙式的虔信者①。在隐遁中所作的沉思,对自然的研究,对宇宙的冥想,都促使一个孤寂的人不断奔向造物主,促使他怀着甘美热切的心情去探索他所看到的一切的归宿,探索他所感到的一切的起因。当我的命运把我投进人间的急流时,我再也寻觅不到片刻间能悦我之心的任何东西。对往日温馨的闲暇的怀念始终萦绕心头,使我对身旁一切能为我博得名利的事物都感到冷漠和厌恶。我自己也搞不清究竟想追求什么,也不存多大希望,有所得的时候就更少,而当飞黄腾达的微光显现时,我又感到,当我得到我以为是在寻求的一切时,我一点也得不到我

---

① 费纳龙(1651—1715),法国康布雷大主教、作家、教育家,主张寂静主义,认为应该像孩子热爱母亲一样只爱上帝,至于其他宗教仪式则都无所谓。

为之心向神往,然而并没有明确目标的那种幸福。这样,就在种种苦难使我感到我跟这世界毫不相干以前,一切就都促使我在感情上跟这个世界日益疏远。直到四十岁以前,我一直在贫困和财富之间、在正道和歧途之间摇摆不定,我有很多由习惯而产生的恶习,然而心中并无半点作恶的倾向,我随遇而安而缺乏理性所明确规定的原则,对我应尽的本分虽有所疏忽但并不予以蔑视,而且对这些本分时常也并没有明确的认识。

我从青年时期起就把四十之年定作一个界限,在这以前可以有各方面的抱负,作出一番努力来力求上进,并且决定,一到这岁数,不管处于什么状况,就不再为摆脱这一状况而挣扎,余生就得过且过,再也不为前途操心了。时候一到,我就顺利地把这一计划执行起来,尽管当时我的命运似乎还可使我获得更稳定的生活条件,我也放弃了,不仅毫无遗憾,而且引为乐事。我摆脱所有那些诱惑,抛弃不切实际的幻想,一心一意过慵懒的生活,让精神安静下来——这从来就是我最突出的爱好,最持久的气质。我摆脱了社交界和它的浮华。我抛弃一切装饰品,不再佩剑,不再戴表,不再穿白色长袜,不再用金色饰带,也不再戴精致头饰,从此只戴一副普普通通的假发,穿一套粗呢的衣服。更重要的是,我把使这一切显得重要的贪婪和垂涎从心底连根拔除了。我也放弃了那时我根本无法胜任的职务[①],从此开始誊抄乐谱,按页取酬,这项工作我从来就是十分喜爱的。

我的改革并不限于外表。我感到外表的改革本身就要求另外一种显然更痛苦但却更有必要的改革,那就是思想的改造。我决心把我的内心来一番彻底的严格的审查,并予以

---

① 卢梭当时在法国财务总管弗兰格耶处担任出纳,经管金库(见《忏悔录》第二部第八章)。

调整，使今后余生一直保持我死前希望保持的那个样子。

我心中出现了一场巨大的革命。另一个精神世界展现在我眼前；我开始感到人们的判断是何等的荒谬，然而我那时还没有预见到会成为它的牺牲品；文坛的名声像烟云一样刚在我头上飘浮，我就已经对它感到厌倦，越来越需要有另外一种成就；我想为来日的事业开辟一条比前半生更为可靠的道路——所有这一切都迫使我做一次早就感到有必要进行的彻底的检讨。我这样做了，对为做好这项工作所需的一切因素，只要是操之在我的，都毫无忽略。

正是在这一时期，我开始彻底脱离上流社会，开始对孤寂生活产生强烈的爱好，至今未衰。我所要写的那部作品①，只有在绝对隐遁中才能写出，它要求长期安静的沉思，而这是喧

---

① 指后来于1762年在《爱弥儿》第四卷中发表的《萨瓦助理司铎的信仰自白》。

器的社交生活所不许可的。这就迫使我在一个时期内采取另外一种生活方式,后来觉得它是如此之好,因此,在迫不得已作为时不久的中断之后,总是一有可能就一心一意地把它恢复,而且毫无困难地做到心无旁骛;等到后来别人迫使我过孤独生活时,我就觉得,他们为了让我痛苦而把我流放,结果给我带来的幸福却比我自己争取的还多。

我从事这项工作的热忱是跟这项工作的重要性以及我从事它的需要相适应的。我那时跟几位现代哲学家①生活在一起,他们跟古代哲学家不大一样:他们不是消除我的怀疑,排除我的犹豫,而是动摇我自己认为是最有必要认识的各种的信念;他们是无神论的热诚的传道士,是无比专横的独断主义者,对别人敢于跟他们想得不一致的任何一点都是暴跳如雷,绝不容

---

① 指霍尔巴赫、格里姆、狄德罗等人。

忍的。我这个人讨厌争吵，也缺乏争吵的才能，时常只能相当无力地为自己辩护；然而我从来也没有接受他们那令人痛心的学说；对如此不能容人又如此固执己见的人的这种抗拒，是激起他们对我的敌意的主要原因之一。

他们没有把我说服，却使我感到不安。他们的论点动摇了我的信心，却没有使我心悦诚服，我找不出话来争辩，然而我感到这样的话应该是可以找得出来的。我怨我太无能，而不是怨我有错误；就我对他们的论点进行抗辩的能力来说，我的感情要比我的理性强些。

我最后自问：难道我就永远听凭这些巧舌如簧的人的诡辩摆弄吗？这些人，我都不敢说他们所宣扬的见解，他们那么热心要别人接受的见解，究竟是不是他们自己的见解。支配着他们的理论的那种热情，还有叫人相信这个那个的那种兴趣，使得别人捉摸不透他们自己到底信仰什么。在党派领袖们身上还能发现什么诚意吗？他们的哲学是对别人宣扬的，我需要我自己的哲学。趁为时尚早，让我自己全力去探索我自己的哲学，以便今后余生尚能遵循一条确定不移的处世准则。我已到了成熟的年龄，理解力正强。然而我也正接近暮年，如果我再等待下去，来日思考时就无法全力以赴，我的智能可能已经失去活力，我现在能做得很好的事那时就不见得能做得那么好了。我要掌握住这有利时机：这是我进行外表的物质的改造的时期，让它也成为我进行内心的精神的改造的时期。我要把我的种种见解、我的种种原则一劳永逸地确定下来，让我在余生成为我经过深思熟虑后决心要做的那种人。

在经过几次尝试以后，我把这个计划执行起来，步子虽慢，但全力以赴，不稍懈怠。我强烈地意识到，我余年的安宁和我整个的命运都取决于这个计划。在开始时，我发现我处在迷宫之中，到处都是障碍、困难、异议、曲折和黑暗，我多次想全盘放弃，不再作这无谓的探索，从此就遵循常人谨小慎微的法则去进行思考，不再去进一步探求我好不容易才搞清楚的原则。然而这种谨小慎微却与我是如此格格不入，我感到我是如此难以实行，以致如果以它作为向导，就等于是在风雨交加的大海上，驾着一只既没有舵也没有罗盘的小船向几乎无法接近的灯塔驶去，而这灯塔又不会把我领向任何港口。

　　我坚持下来了。这是我有生以来第一次鼓起了勇气，而我之所以能顶住从此开始在不知不觉中笼罩着我的那个可怕的命运，全靠这股勇气。在作出了任何人都从未进行过的最热忱、最诚挚的一番探索以后，我终于选定了在一生中必须采取的观点；我可能造成过不良的后果，然而至少我可以肯定，我的错误绝不能被看成是种罪过，因为我从来都是竭力避免犯任何罪过的。不错，我丝毫也不怀疑，童年的成见和内心的隐秘愿望曾使我心中的天平偏向于最令我快慰的一边①。人们很难不对他们那么热切祈望的事物不产生信仰;又有谁能怀疑,大多数人对所希望或者所害怕的事物的信仰,取决于他们是承认还是否认来世的审判。我承认,所有这一切当时都可能使我判断错误,但不能改变我的信仰,因为我在任何问题上都是不愿欺骗自己的。如果一切都是一个如何利用这一生的问题的话,那么我就必须认识我这一生究竟有什么用处,以便趁为时还不太晚时,至少让操之于我的那一部分因素充分发挥它的作用,而不致彻底上当受骗。在当时的心情下,我在这世上最害怕的,正是为享受我从没看重过的人间幸福而置我的灵魂的永生于危险的境地。

我承认,对曾使我困扰的、我们这些哲学家天天对我絮叨不休的那些困难,我并没有满

---

① 指对上帝的信仰。

意地一一解决，但是我决定要在人类智力理解得如此肤浅的一些问题上作出我自己的判断，而由于处处发现捉摸不透的谜团和无法解答的诘难，我就在每个问题上都抱定我认为最站得住脚、本身最可信的观点，而不去管那些反对意见，那些会遭到对立思想体系的强烈批驳而我又无力去解答的意见。只有江湖骗子才能在这些问题上采取武断的态度，但却又非常必要去采取一种观点，并以尽可能成熟的判断来选定这个观点。如果做到了这一点而犯了错误，我们就有充分的理由不必因此而感到痛苦，因为我们并没有罪过。我的安全感也就是建立在这个不可动摇的基础之上的。

我这痛苦的探索的结果大致就跟我后来在《萨瓦助理司铎的信仰自白》[①]中所说的那样。这

---

① 《萨瓦助理司铎的信仰自白》于1762年在《爱弥儿》中发表，宣扬自然宗教，随即遭到巴黎最高法院的查禁。

部作品遭到这一代人可耻的践踏和辱没,但一旦常理和诚心在人间重新出现,它是会在人们中间掀起一场革命的。

从此以后,由于抱定经过长期深思熟虑后的原则,我心安理得,并把这些原则作为我处世和我的信仰的不易的指针,不再为我以前未能解决以及未曾料及的对立意见,还有当时时不时在脑海中浮现的对立意见而感到不安了。这些对立意见后来也偶尔使我感到过不安,但从没使我产生动摇。我总是对自己这样说:"所有这一切都不过是诡辩之词和形而上学的牛角尖,对我那为理性所接受、得到我心证实、因内心默许而带有心平气和的印记的基本原则毫无影响。在一些超出人类悟性的问题上,根基如此扎实,联系如此紧密,经过如此认真的思考,跟我的理性、感情和整个生命如此适合,得到我对任何别的理论所未曾给予的首肯的一整套理论,难道就被我所不能解决的一个对立意见推翻吗?不,我看出我永恒的本性跟这世界的结构以及主宰这世界的自然秩序是契合的,虚妄的论断绝不能加以破坏;通过我的探索,我也发现了与自然秩序相适应的精神秩序的体系,从中找到了为忍受一生苦难所需的支持。如果换了另外一种体系,我就根本无法生活下去,就会在绝望中死去。我将成为最不幸的人。因此,我要坚持这个体系,只有它才能使我不受命运和别人的摆布而得到幸福。"

这一番思考以及从中得出的结论,难道不像是上天对我的启示,让我对等待着的我的命运早作准备,让我能经受住这一命运的考验吗?如果我没有一个可以躲避残酷无情的迫害者的藏身之处,他们让我在此生蒙受的耻辱得不到洗雪,失去了应得的公正对待的希望,只能把自己交给世人从未经历过的最悲惨的命运去摆布,那么在当年等待着我的苦恼之中,在有生之年又不得不面临的绝境之中,我会变成什么样子？还可能变成什么样子？正当我为自己的清白无辜而心安理得，以为别人对我只有尊敬和善意时，正当我那直爽轻信的心向朋友和兄弟倾诉衷肠时，阴险奸诈的人却悄悄地把在十八层地狱中编织的罗网套到我的身上。突然遭到了极难预料的、一颗高尚的心最难以忍受的苦难，陷入泥淖之中而从不知是出之谁手，又是为了什么；堕入耻辱的深渊，周围除了阴森可怕的东西之外只是一无所见的令人毛骨悚然的黑暗；我在感到第一阵震惊时就不知所措了，要是没有事先积聚足够的力量从摔倒的地方重新爬起来的话，我就无法摆脱这一沮丧，这是没预料到的苦难把我投入其中的。

只是在多年焦急不安之后，我才清醒过来，开始进行反省，也是在这时才感到我为准备对付逆境而积聚的力量是多么可贵。我在必须进行判断的一切问题上都采取坚决的态度，当我把我的处世格言和我的处境进行对照比较时，我发现我对他人所作的荒谬判断以及把这短促一生中的区区小事看得太重太重了。这短促的一生既然是一连串的考验,那么只要这些考验能产生预期的效果,它们属于哪种性质也就无关紧要了,而且考验越大、越严重、越频繁,懂得如何去经受它们也就更有好处了。一切最强烈的痛苦,对能从其中看到巨大而可靠的补偿的人来说,也就失去了它的力量,而能取得这种补偿的信念正是我从前面所说的沉思默想中获得的主要成果。

是的,在纷至沓来的无数伤害和无限凌辱中,不安和疑虑不时来动摇我的希望,打扰我的安宁。我以前所未能解决的一些严重的矛盾心情,这时更强烈地在我脑海中闪现,正当我准备在命运的重压下一蹶不振时,它又来给我沉重的打击。当我心如刀割时,我不禁自问:我命途多舛,理性原来为我提供的慰藉都只不过是些幻想,而它又毁坏它自己的业绩,把曾在我处于逆境时支持我取得希望和信心的支柱撤走,又有谁来使我免于陷入绝望之境?说真的,这世上仅仅哄骗我一个人的这些幻想又算得上什么支柱?当今整整一代人把我的见解都看成是错误和偏见,认为真理和证据都在跟我对立的思想体系那边,甚至不相信我接受我自己那一套思想体系是出于诚意,而我在一心一意信仰这一思想体系时又发现了一些不可克服的困难,我虽解决不了,却阻止不了我坚持我的体系。这么说来,难道我在众人之中是唯一贤哲、唯一开明的一个?为了相信事物就是这个样子,单是事物合我心意就够了吗?有一些表象,在别人眼里根本站不住脚,而假如我的感情不来支持我的理性,我也会觉得是虚妄的,但我对这样的表象却抱有信心,这能说是开明吗?接受我的迫害者的准则,用双方对等的武器来跟他们战斗,不比死抱住自己虚幻的一套、听任他们打击而不招架更好些吗?我自以为明智,其实是上了虚妄的错误的当,做了它的牺牲品和殉难者。

在这样的怀疑和动摇的时刻,我多次几乎陷入绝望之境。如果这样的情况再继续一个月,我这一生也就完了,我也就不复在这人间了。但是这样的危机,这种时刻过去虽然相当频繁,却总为时不久;现在虽还没有完全摆脱,却已如此罕见,如此短暂,不足以扰乱我的安宁。现在只是些轻微的不安的情绪,这对我的心灵不会产生多大的影响,就跟落在河面的一根羽毛改变不了水流的方向一样。我想,如果我把早已认定的论点重新加以考虑的话,那就意味着得到了新的启发,我或是掌握了更严谨的论断,或是产生了当年在探索时所未曾有过的对真理的更大的热忱;而在我身上,并没有,也不可能产生以上任何一种情况,因此没有任何站得住的理由使我接受在陷入绝望时徒增苦难的那些见解,而抛弃在精力充沛之年,在思想成熟之际，经过最严格的审查，在除了认识真理之外别无他念的生活安定之时采纳的那些观点。今天，我的心悲痛欲裂，灵魂已久经折磨而颓然，想象力已如惊弓之鸟，头脑也已为周遭骇人的谜团所搅乱，各种智能也因年老和焦虑而丧失其全部活力，我是不是要心甘情愿地解除我积聚起来的精神力量，对只能使我遭到不公正的不幸遭遇的那一部分日益衰退的理性更加信赖，而不去信赖足以使我从不应受的苦难中得到补偿的那一部分充满活力的理性呢？不，跟我当年在这些重大问题上作出裁决的时候相比，我现在既不更为明智，学识也并未更为丰富，信念也不见得更为增强；我当时也并不是不知道今天会使我感到困扰的这些困难，但它们并没能阻止我前进，而今天出现的前所未料的困难不过是钻牛角尖的形而上学的诡辩而已，它动摇不了为古今一切贤哲所接受、为各民族所承认、用金字铭刻于人心的那永恒的真理。在思考这些问题时我就知道,人类悟性受感官的限制,不可能掌握全部永恒真理。因此,我就决定局限于我力所能及的范围,不稍逾越。这个决定是合情合理的;我那时就遵循不渝,全心全意地坚持下去。今天有这么多强有力的理由要求我坚持不懈,凭什么我要放弃?继续下去有什么危险?把它抛弃又有什么好处?如果我接受迫害我的人的学说,我是不是也要接受他们的伦理道德呢?他们有两套伦理道德,其中的一套既未生根,又不结果,只是被他们在书本里或舞台上的一些光彩夺目的情节中[①]大吹大擂地卖弄一番,却从没有在人们的思想感情中灌输进任何东西;另一套则既隐秘又残忍,是他们的一切知情人的内部学说,前面那套对它起着掩蔽作用,这也是他们行动时唯一服膺并在对待我的问题上又是运用

---

① 指伏尔泰的一些剧作。

得如此巧妙的一套。这一套伦理道德纯粹是攻击型的，并不用来防身，只有侵犯人的效用。在他们把我投入的这种处境里，这对我又能有什么用处？只有我的清白无辜支持我渡过苦难，如果我抛弃这唯一的强大的精神力量，用邪恶来替代，我将百倍不幸。在害人的本领上，我能赶上他们吗？即使成功了，我给他们造成的痛苦又能减轻自己的什么痛苦呢？我将失去我的自尊而一无所得。

就这样，经过一番思考，我终于不再让那些似是而非的观点、无法解决的矛盾、非我个人甚至也非人类思想所能克服的困难来动摇我的原则。我的思想建立在我所能给它的最坚实的基础上，它已完全习惯于安享我的良心提供的保护，古今任何其他学说都再也不能动摇它，就连片刻扰乱我安宁也不会再产生了。有时在精神萎靡时，我也曾把得出我的信仰和准则的推理过程忘记过，但我绝忘不了那为我良心和理性所赞同的结论。让所有那些哲学家来吹毛求疵吧：他们只能白费自己的时间和精力。在此后的余生里，在任何问题上我都将坚持当年我能正确抉择时选定的主张。

我情绪稳定，在内心的赞许下找到了我目前处境中所需的希望和慰藉。这么彻底、这么持久、这么凄凉的孤寂，整整这一代人对我的日益明显、日益强烈的敌意，他们对我的卑劣的行径，这些都不能不使我有时感到沮丧；希望遭到动摇，怀疑令我气馁，这些又不时在扰乱我的方寸，叫我愁思满怀。在这种时刻，我的头脑无法进行必要的活动来使我安下心来，我必须回顾过去所下的决心；我在作出决定时下的那番功夫、那份专注、那种诚心这时就都涌上我的心头，使我信心倍增。我就把一切新的念头拒之门外，把它们看作是只有虚假的表面而徒然扰乱我安宁的不祥的错误。

就这样囿于原有知识的狭隘圈子里，我没有梭伦那样年事日长而学习不辍的福分，甚至还必须防止那种危险的虚荣心,去学习从此已经学不好的东西,然而如果说我在有用的知识方面已经没有多大指望去取得什么成就的话,但在我这种处境中,在必须具备的德行方面却还有许多重要的事物需要学习。正是在这些方面,我应该以新的成就来丰富和充实我的灵魂,等到它有朝一日摆脱了挡住它视线的躯壳,看到无所遮蔽的真理,觉察出我们这些伪学者自以为了不起的知识的虚妄时,我就带着这一成就离去。到那时,我的灵魂将为此生因妄图获取那些知识而虚度岁月而哀叹。而耐心、温馨、正直、公正,这些都是我们不会被人夺走的财富,它可以永远充实自己而不怕死亡来使其丧失价值。这就是我在晚年残存的日子里从事的唯一有益的学习。如果通过我自身取得的进步,学会了怎样能在结束此生时虽不比投入此生时更好一些——这是不可能的——但至少更有道德的话,那我就深以为幸了。

漫步之四

在我现在偶尔还读一读的少数书籍中，普鲁塔克的那部作品①最能吸引我，这是使我得益最大的一部。它是我童年时代最早的一部读物，也将是我老年最后的一部读物：他几乎是我每读必有所得的唯一的一位作家。前天，我在他的伦理著作中读到《怎样从敌人那里学到东西》这篇论文，同一天，在整理作家们赠给我的小册子时，忽然发现罗西埃教士②的一部日记，标

---

① 普鲁塔克，公元一世纪罗马帝国时期的传记作家，这里指的是他的《希腊罗马名人比较列传》。

② 罗西埃（Rosier），法国植物学家，卢梭曾于1768年同他一起在里昂采集标本。

题下写有 Vitam impendere vero, Rosier[①] 字样。对这些先生在文字上耍花招的惯技我久已领教，绝不至上当受骗，我明白他貌似有礼，实际却是对我讲了一句反话。然而他说这话究竟有什么根据？为什么要说这么一句挖苦的话？我究竟给了他什么把柄？为了充分利用普鲁塔克的教导，我决定把第二天的漫步用来就说谎这个问题对自己进行一番考查，结果证实德尔斐阿波罗神殿上"要有自知之明"这句格言，并不像我在《忏悔录》中所想象的那样容易做到。

第二天走出家门去实行这个计划，我就开始沉思起来，涌上心头的第一件事就是我在童年撒的那个恶劣的谎[②]，这一回忆使我终生为之

[①] Vitam impendere vero（终生献于真理）语出公元一世纪罗马讽刺诗人尤维纳利斯，是卢梭的座右铭。

[②] 指卢梭十六岁那一年在维尔塞里斯夫人家当仆人时偷了一条丝带却诬陷女仆玛丽永一事，见《忏悔录》第二章。

不安，直到晚年还一直使我那早已饱受创痛的心为之凄然。这个谎言本身就是一桩大罪，它究竟产生什么后果，我一直都不知道，但悔恨之情使我把它想象得非常严重，这样罪过也就更大了。然而，如果只考虑我在撒这个谎时的心理状态，那么，它只不过是害羞心理的产物，绝不是存心要损害谎言的受害者。我可以对天发誓，就在这压抑不住的害羞心理迫使我撒谎的一刹那，我也甘愿付出生命的代价来独自承受它的后果。这是一种精神错乱，连我自己也解释不了，只能说是在感受的那一刹那，我那天生的腼腆战胜了我内心的一切意愿。

对这不幸事件的回忆以及它留给我的难以平息的悔恨，使我对说谎产生了痛恨，从而今生不再重犯这样的罪。当我选定我的座右铭时，我觉得我的天性是当之无愧的；而当我看到罗西埃教士这行字开始对自己进行更严格的审查时，对自己确是如此这一点也毫不怀疑。

可是当我对自己进行更仔细的解剖时,我吃惊地发现,有许多事是我杜撰出来的,当年却把它说成是真的,而在说的时候还以热爱真理而自豪,以为我正以人间别无先例的公正为真理而牺牲自己的安全、利益和性命呢。

最使我吃惊的是,在回想起这些捏造的事情时,我竟没有丝毫真正的悔恨之心。我这个人是痛恨虚伪的,而这时心中居然毫无反应;当必须用撒谎来免遭酷刑时,我是宁愿迎着酷刑而上的;究竟出自何种古怪的不合逻辑的行为,我竟既无必要也毫无好处就轻而松之地撒起谎来;仅仅因一个谎言的悔恨之心就使我在五十年间受尽折磨,现在则由于怎样的不可思议的矛盾,竟没有感到任何遗憾之情?我从来没有对我的错误漠然置之,出之本能,一贯由道德指导着我的行为,我的良心一直保持着它最初的正直,再说,即使它为了迁就我的利益而偏离正道,那怎么会在一个人为激情所驱,至少可以以意志薄弱来原谅自己的场合,我的良心尚能保持它的正直,而唯独在毫无理由作恶的无关紧要的问题上就失去了呢?我看出来,这个问题的答案关系着我在这一点上对自己的评价是否正确。经过一番仔细的审察,我终于作出了如下的解释。

我记得曾在一本哲学著作里读到,说谎就是把应该显示的真相掩盖起来。从这个定义可以推论出,一个人如果没有把他并无义务讲出来的真相讲出来就不是说谎;但是如果一个人在同样的情况下不仅不把真相讲出来,反而讲了它的反面,那么他算是说谎呢还是没说谎?按照那个定义,我们不能说他是说谎。因为如果他给一个人一块赝币,但是他并不欠这个人的账,那么他当然是骗了他,但并没有诈取他的钱财。

这里有两个问题需要研究,而这两个问题都很重要。第一,在什么时候,又是在什么情况下,人们应该向别人讲出真相,因为人们并不总是有义务这样做的。第二,是不是有这样的情况,人们可能是骗了别人,然而并无恶意。我知道,这第二个问题是很明确的:书本上给的是否定的回答,写书的人在提倡最严峻的道德时反正无须付出任何代价;而在社会上给的却是肯定的回答,因为在社会上,人们把书本上的伦理道德看成是无法付诸实践的空话。因此我就不去管那些互相矛盾的权威们,而根据我自己的原则来对这两个问题作出答案。

普遍的绝对的真理是一切财富中最宝贵的。它是理性的眼睛,缺了它,人就变成盲人。正是通过它,人才学会怎样立身处世,学会做他应该做的那样一个人,学会做他应该做的事,学会奔向真正的目标。特定的个别的真理并不总是好东西,有时甚至还是个坏东西,更多的时候则是个不好不坏的东西。一个人为了自己的幸福而必须学习的东西为数并不很多,而不管数量多寡，这些东西都是属于他的财富，他无论在什么地方发现这种财富都有权利要求，而别人不能剥夺他，否则就是犯下最不公平的抢劫罪，因为这种财富是人人共有的，谁要是给了别人，自己也并不因此就会感到匮乏。

至于那些无论对教育别人还是对付诸实践都没有任何用处的真相，既然连财富都不是，怎么会是一种对别人的欠债呢？再说，既然财产只能建立在效用的基础上，那么根本没有任何效用的东西就不可能成为财产。一块土地虽然贫瘠，但你可以要它，因为你至少总可以在这块土地上居住；但是一件毫无所谓的事实，无论从哪一方面看都无关紧要，与任何人都毫无干系，那么不管是真是假，也就引不起任何人的兴趣。在精神世界里，就跟在物质世界里一样，没有任何东西是一无用处的。你欠别人的东西不可能是一无用处的东西，你要是欠别人什么东西，这东西总得是或者可能是有些用处的。因此,应该说出来的真相总跟公道这个问题有关,而要是把真相这个神圣的名称用之于一些存在与否跟任何人都无关,认识与否对任何事都无补的空虚的事物,那就是亵渎了这个名称。真相如果丧失了任何可能的效用,那就不能是一种你可能欠别人的东西,因此,谁要是不把它说出来或者把它掩饰起来,就不是说谎。

然而,对任何事物连一丝一毫用处都没有的真相是不是有呢?这是需要讨论的另一问题,待一会儿我就来论及。现在先谈第二个问题。

不把真相说出来跟说假话是很不一样的两回事,然而却可能产生同样的效果,因为每当这效果等于零的时候,两者的结果当然是一样的。只要真相无关紧要,那么说的是真相的反面也就同样无关紧要了:从而得出,在这种情况下,以说与真相相反的话来骗人的人,并不就比以不把真相说出来骗人的人更不公道些;

这是因为,就毫无用处的真相而言,错误并不比无知更坏。我相信海底的沙子是白的还是红的,跟我不知道它是什么颜色,对我都同样无关紧要。既然所谓不公道就是对别人造成了损害,那么一个人如果对谁也没有造成损害,那怎么会是不公道呢?

然而这些问题,虽然这样简单地解决了,但还不能为实践提供可靠的应用,还需要很多必要的阐述,才能决定在各种可能出现的情况下怎样正确地予以运用。如果说把真相说出来这个义务仅仅建立在真相是否有效用这样一个基础上的话,那么我该怎样担任这个效用的判定者呢?一个人的利益经常构成对另一个人的损害,个人利益又几乎总是同公共利益相对立。在这种情况下,应该怎样行动?是否应该为你谈话对方的利益而牺牲不在场的第三者的利益?真相如果对一方有利而对另一方有害,是该说还是不该?是该用公共利益这唯一的天平还是用个别是非的天平来权衡该说的一切话？我是不是有把握充分认识事物的一切联系，是否足以把我所掌握的知识都运用得完全公平合理？再说，当我考虑人们对别人该做些什么的时候，我是否把我对自己该做些什么，对真理该做些什么作了充分的考虑？如果我在骗人时没有对别人造成什么损害，是否就可以说对自己也没有造成什么损害呢？仅仅由于从来都不曾有失公道就能算一贯清白吗？

"不管后果如何，我要永远诚实"，当你这样想时，那就很容易招来一场麻烦的争论。公理存在于事物的实在性之中；当你把并不存在的东西当作你行为和信仰的指针时，那么谎话就总是不义，错误就总是欺骗了。而不管从真相中产生什么效果，你把它说出来就总是无罪的，因为你并没有添加自己编造的内容。

然而这只是把问题掐头去尾而并没有加以解决。问题不在于判定永远把真相说出来是好是坏，而在于判定是否永远都有同样的义务把它说出来；同时根据我在前面考察过的那个定义（它对上述问题作出否定的回答），问题也在于区别两类不同情况，一类是严格地必须把真相都说出来，一类是不说也不算有失公允，掩饰也不算说谎。因此，现在的问题在于探求一条可靠的规则来认识这两类情况，很好地加以区别。

然而这条规则从何而来，保证它万无一失的证据又从何而来？在所有像这样难以解决的伦理问题中，我总是通过良心的指引而不是通过理性的启发找到答案。道德的本能从来没有欺骗过我；它在我心中至今纯洁如初，使我对它信赖无疑；虽然它在我感情冲动而轻举妄动之际有时也曾默不作声，但当我事后回忆时却总能重新控制我的感情。也正是在这类时刻，我以来世最高审判者在审判我时的同样的严厉来审判我自己。

用人们的言辞所产生的效果来判断言辞,时常会作出错误的评价。首先,效果并非总是显而易见、易于认识的,而且由于发表言辞的场合各不同,效果也是变化万千。只有说话人的本意才能正确评价他所说的话,决定它含有几分恶意或几分善意。只有在有骗人之意时说假话才是说谎,而即使是骗人之意也远不是永远和害人之心结合在一起的,有时甚至还抱有完全相反的目的。要肯定谎言无害,单是害人之心不明确这一点还不足以说明,还得确信那使听话的人所陷入的错误无论如何也不会对他们自己或对任何他人造成损害才行。能取得这样的确信是既罕见又困难的,因此,完全无害的谎言也是既难得又罕见的。为自己的好处而说谎是欺诈,为别人的好处而说谎是蒙骗,怀有害人之意而说谎是中伤:这是最坏的谎言。既无利己之心又无害人害己之意而说谎,那就不是说谎,而是虚构。

带有伦理道德目的的虚构叫作道德故事或寓言,由于它们的目的只是,也只能是以易于感受和令人愉快的方式来包容有益的真理,在这种情况下,人们也就不大去费力把事实上的谎言掩饰起来,这种谎言也只不过是真理的外衣罢了,而为寓言而寓言的作者无论如何也不是说谎。

还有一种纯粹无益的虚构,那就是大多数并不含有任何真正的教导,而目的仅在供人消遣的故事和小说。这样的虚构并无任何伦理道德的功用,只能根据作者的意图来予以评价,而当作者断言他那些虚构是实实在在的真情实况时,我们也不能不承认它们是真正的谎言。然而,又有谁曾为这样的谎言而大惊小怪呢?又有谁曾对编出这种谎言的人严厉斥责?譬如说,如果《格尼德圣堂》[①]有什么伦理道德的目

---

① 《格尼德圣堂》,这是孟德斯鸠的幻想作品,被公认是他写得最糟的一部。

的的话，那它也被色情的细节和淫荡的场面所模糊了、所破坏了。为了给作品抹上一层无伤风化的油彩，作者又做了些什么呢？他假装这是一部希腊手稿的译文，而把发现这部手稿的经过说得那么活灵活现，引诱他的读者把他自己编造的故事信以为真。如果这不是明摆着的谎言，请问什么才叫谎言？然而又有谁想给作者定下撒谎之罪，为此而把他看成是骗子呢？

有人会说，这不过是开个玩笑，作者在那么说的时候并不想说服谁，事实上谁也没有被他说服，公众片刻也没产生怀疑，作者装作是一部所谓的希腊作品的译者，其实却是它的真正作者。但这么说也是枉然。我认为，这样一个毫无目的的玩笑只能是愚蠢的儿戏，撒谎的人虽没有说服谁，然而当他表明有必要把大量头脑简单、易于轻信的读者排除于有文化的公众之外时，他同样也没少撒谎。一个严肃的作者一本正经地把手稿的故事硬塞给前一类读者，结果他们放心大胆地喝下了装在古瓶里的毒药，而这毒药如果是装在新瓶里的话，他们至少是会怀疑一下的。

这样一些区别不管在书本里是否存在，反正在任何对自己真诚、不愿做任何该受良心责备的事的人们心中是存在的。为自身的利益而说假话，跟为损害别人而说假话同样都是撒谎，只不过罪过小些罢了。把利益给予不应得的人，那就是破坏了公正的秩序；把一件可能受到赞扬或指责、确定一个人有罪或无罪的行为错误地归之于自己或别人，那就是做了件不公正的事；因此，一切与真相相违，以某种方式作出有损公正的话都是谎话。这里有一条明确的界限：一切与真相相违，但并不以任何方式有损公正的话就只能是虚构；我认为，谁要是把纯粹的虚构看成是谎言而自责，那他的道德感简直比我还要强了。

所谓出于好意而编造的谎言也是地道的谎

言,因为把这样的谎言强加于人,无论是为了别人或自己的利益,还是为了损害别人,都是同样的不公道。谁要是违反真相而赞扬或指责一个人,只要涉及的是一个真人,那就是撒谎。如果涉及的是一个想象中的人,那么他爱怎么说就怎么说也不算是撒谎,除非他对他所编造出来的事加以评论而又评论错了,因为在这种情况下,他虽没有就此事撒谎,但却违背伦理道德的真实而撒谎,而这种真实是比事实的真实更值得百倍尊重的。

我见过一些被上流社会称之为诚实的人。他们的诚实全都用于毫无意义的谈话,他们忠实地讲出时间、地点和人物,没有任何虚构,不渲染任何情况,对任何事都不夸张。只要不牵涉他们自己的利益,他们在叙述时的忠实确实到了无懈可击的程度。然而如果是谈到与他们自己有关的问题,叙述牵涉他们自己的事时,他们就着意渲染,把事情说得对他们最有利;

而如果撒谎对他们有好处,自己又不便说出口,他们就巧妙地予以暗示,让别人去说这一谎言,让别人还无法去说是他们说的。谨慎要求他们这么干,诚实也就只好见鬼去了!

我所谓的诚实人却恰恰相反。在一些根本毫无所谓的事情上,别人如此尊重的真实,他却很少理睬;他会毫无顾忌地用些捏造的事来逗在座的人,只要从这些事中得不出任何对活着的或去世的人有利或有害的不公正的评断。而任何足以产生对某人有利或有害、为他赢得尊敬或蔑视、招致赞扬或指责、与公理和真理相违的言辞,都是从来也不会涌上他的心头,出之他的口,来自他笔底的谎言。即使是与他的利益有损,他也是诚实不欺,不为所动,但是他在毫无所谓的谈话中却并不怎么追求诚实。他的诚实在于他不想欺骗别人,无论是对为他增光或遭人谴责的真相他都同样忠实,决不为自己谋利或为损害敌人而进行欺骗。我心目中的诚实人跟他人的之所以不同就在于上流社会中的诚实人对不需要他们付出代价的一切真相是严格忠实的，但绝不能超出这一范围，而我心目中的诚实人是只有在他必须为这一真相作出牺牲时才如此忠实地侍奉它。

有人会问，你这种灵活怎么能跟你所鼓吹的对真理的热爱相协调呢？既然这种热爱可以掺进这么多的杂质，那不就是假的了吗？不，这种热爱是纯洁真实的，它只是对正义之爱的一种表现，虽然常是难以置信，然而绝非假话。在我所说的诚实的人的心目中，正义和真理是两个同义词，他不加区别地加以使用。他衷心崇敬的神圣的真理根本不是一些毫无所谓的事实和毫无用处的名称，而在于要把应属于每个人的东西归于每个人：包括真正属于他的事物、功绩或罪过、荣誉或指责、赞扬或非难。他对任何人都不虚伪，因为他的公正不容许他这样做，而他也不愿不公正地损害任何人，他对自己也不虚伪，因为他的良心不容许他这样做，而且他也不会把不属于他的东西归在他的名下。他所珍惜的是自尊自重，这是他须臾不可缺的财富，而他把牺牲这一财富去赢得别人对他的尊重看成是真正的损失。他有时也会在他认为无所谓的问题上撒谎，毫无顾忌，而且也并不认为是撒谎，但绝不是为了别人或自己的好处，也不是为了要损害别人或自己。在一切与历史事实、人的行为、正义、社交活动、有益的知识有关的问题上，他将在自己力所能及的范围内，防止自己和别人去犯错误。在他看来，除此之外的任何谎言都不是谎言。如果《格尼德圣堂》是部有益的作品，那么所谓希腊手稿这个故事就不过是个无罪的虚构，而如果这部作品是部危险的作品，那么这就是一个完全应该受到惩罚的谎言了。

这些就是我的良心在谎言和真实问题上所遵循的法则。在我的理性采纳这些法则以前，我的感情早就自发地遵循它们，而我的道德本能则在没有外力协助的情况下予以实施。以可怜的玛丽永姑娘为受害人的那个罪恶的谎言，给我留下了无法消除的悔恨，使我在余生中不仅没有再撒任何这类的谎，而且也没有撒过以任何方式损害别人的利益和名声的谎，我把是否损害别人的利益和名声作为界线，运用于任何场合，省掉了去精确权衡利害、区分有害的谎言和出于善意的谎言的麻烦；我把这两种谎言都视作有罪，不许自己犯其中的任何一种。

在这类问题以及在一切问题上，我的气质对我的生活准则，或者毋宁说对我的生活习惯产生过很大的影响，因为我这个人做事是不大按照什么条规的，也可以说是在任何事情上，除了听凭天性的冲动以外，不大遵循其他规矩的。我从来没有起过念头要撒一个事先想好的谎，从来没有为了自己的利益而撒过谎；不过当我不得不参加谈话，而由于思想迟钝，不善言辞，必须求助于虚构才能找出几句话来的时候，为了摆脱窘态，出于害羞心理，时常也在一些无关紧要，或者至多跟我个人有关的事上撒谎。当有必要讲话，而一时又想不起什么有意思的真实故事时，就只好现编一点故事，免得一言不发；在编故事时，我尽量避免编造谎言，也就是说，尽量避免有损于正义和真理，而只是一些对任何人以及对我自己都无关紧要的虚构。我的意思是要在这样一些虚构中，用伦理道德的真实来替代事实的真实，也就是要很好地表现人心的自然情感，从中得出一些有用的教益，总之是要讲一点道德故事；然而这就要求有更多的机智，而且要求更好的口才，才能化闲言碎语为有益的教导。可谈话进行得很快，我的思路跟不上去，这就几乎总是迫使我没等想好就得开口，结果时常是蠢话连篇。话刚一出口，理性就使我感觉不对头，心里就直嘀咕，不过话既然没经思考就出了口，要改也改不了了。

还是出于我的气质的难以抗拒的最初冲动,在难以预料的瞬间,害羞和腼腆时常使我说些谎话,这里并没有意志的份儿,而是在意志力出现之前,由于有必要即刻作答而说出来的。可怜的玛丽永那件事给我留下了深刻的印象,足以使我永远避免说可能有损于人的谎,可挡不住我在只牵涉我个人时,为了摆脱窘境而说谎——这样的谎话,跟可能影响别人命运的谎话一样,也是违背我的良心和原则的。

我请老天为我作证,如果我在这种情况下马上就能把为自己辩解的谎话收回,把使我受责的真相说出来而不致遭受反复无常之讥的话,我是心甘情愿这样做的;然而怕当众出丑这样一种害羞心理却把我阻止了;对这样的错误我是真心悔恨的,然而没有勇气去纠正。有一个例子可以把我要说的意思解释清楚,说明我撒谎既不是为自己的什么好处,也不是为自己的自尊心，更不是出于妒忌或恶意，而纯粹是由于一时的尴尬或难为情，有时也明明晓得这谎话有人知道底细，而且根本帮不了我什么忙。

不久以前，富基埃先生请我破例带我的妻子跟他和贝努瓦先生一起进餐，地点是在开饭铺的伏卡桑太太家里。这位太太和她的两个女儿也跟我们一起用餐。在席上，那位不久前结婚并已有了身孕的大女儿忽然两眼瞪着我问我是不是有过孩子。我脸一直红到耳根，答道：我从来不曾有过这样的福气。她瞧着席上的人，露出不怀好意的微笑，所有这一切的意思都很清楚，我肚子里也明白。

很明显，即使我有意骗人，我想要作出的回答也不该是这样的，因为从在座的人的情绪来看，我很清楚，我的回答对他们在这个问题上的看法不会有任何影响。他们早就料到这个否定的回答，甚至是故意把它激出来，好享受一下看我撒谎的乐趣。我当时还没有傻到连这点也感觉不出来的地步。两分钟以后,我应该作出的回答终于涌上我的脑际。"一个年轻妇女对长期单身独处的老头提出这样的问题,未免不大得体吧。"要是这么说的话,既没有撒谎,也不用脸红,既免遭他们的耻笑,又给她一个小小的教训,叫她在向我提问时不再那么无礼。然而我没有这么做,没有说出该说的话,却说了既不该说又于我无益的话。显然,我这个回答既不是出之我的判断,也不是由于我的意愿,而是一时尴尬的产物。从前我是根本没有这种尴尬之感的,我承认我所犯的过失,更多的是出之坦率而不是出之害羞心理,因为我毫不怀疑人们会看到我身上具有足以弥补这些缺点的东西,而我也是感觉到我身上是具备这种素质的;而现在呢,带有敌意的眼睛使我痛心,使我心烦意乱:我变得越来越不幸,也变得更加腼腆了,而我从来也都是由于腼腆才撒谎的。

我从来没有比在写《忏悔录》时对说谎更

厌恶的了,在写这部作品时,只要我的心稍为偏向这一面的话,说谎对我的诱惑就会是既频繁又强烈的。然而,于我不利的事我什么也没有不说,什么也没有隐瞒,却由于一种我自己也难以解释,也许是出之对任何模仿都存有反感的气质,我觉得我毋宁是在朝相反的方向撒谎,也就是说,我不但不是以过分的宽容为自己辩护,而是以更过分的严厉谴责我自己;我的心告诉我,来日人们在对我进行审判时将不像我对自己进行审判时那样严厉。是的,我现在以自豪的、高尚的心作出这样的宣告,并且也有这样的感觉:我在那部作品中已把诚实、真实、坦率实践到与任何前人相较也毫无逊色的地步,甚至更为出色(至少我是这样认为);我感到我身上的善超过恶,把一切都说出来于我有利,因此把一切都说出来了。

我从没有说得不够过,有时倒是说得有点过头,但这不是在事实方面,而是在事实发生的情况方面,同时这种谎言不是意志的产物,而是想象力错乱的结果。我把这算作谎言,其实错了,因为增添进去的东西没有哪一件够得上称作谎言。当我写《忏悔录》时,我已进入老年,对一度涉猎过的虚妄的人生乐趣已感到厌恶,感到它的空虚。我是凭记忆写的,有些事时常想不起来,或者只留下一些不完整的回忆,所以只好用我想象出来的可以作为这些回忆的补充的细节来填补,但这些细节是绝不会和那些回忆完全相反的。我爱对一生中幸福的时刻加以铺叙,有时又以亲切的怀念作为装饰来予以美化。对已经遗忘的事,我是根据我觉得它们应该是那个样子,或者它们可能当真就是那个样子来叙述的,但从来不会跟我回忆中的那个样子完全相反。我有时在真实情况之外添上一点妩媚,却从不曾用谎言来掩饰我的恶习或者僭取一些美德。

如果有时我在描绘自己的一个侧面时无意

中掩盖了丑恶的一面的话，那么这种略笔却被另外一种异乎寻常的略笔弥补了：我在隐善方面时常是比隐恶下更多的功夫的。这是我本性中的一个特点，别人要是不信，那是完全可以原谅的；然而再怎么不可置信，这些特点却丝毫不失其为真实：我时常把我的毛病中的卑鄙可耻说个淋漓尽致，而很少把我的优点中的可爱之处极力宣扬，时常根本就不置一词，因为这些优点把我抬得太高，使写《忏悔录》一事可能变成自我颂扬。我在写我的青年时期时并没有写我禀赋中的优秀品质，甚至删去了过分突出这些品质的事实。我现在还记得童年时有两件事当初在写书时也是想起来了的，但为了刚才所说的那个理由，却把这些都放弃了。

我当年差不多每星期天都到巴基我的一个姑夫法齐先生家去，他在那里开了一家印花布厂。有一天，我正在轧光机房的晾干棚旁观看那生铁的滚轴,它们发出的闪光使我很喜欢,我不由得把手指放上去了,正当我满心喜悦地抚摸这光滑的滚轴时,小法齐把飞轮转了小半个圈,正好把我食中两指的指尖压进滚轴,这就把两个指尖碾碎,把指甲也拽下来了。我发出一声尖叫,法齐赶紧把飞轮倒转,但是指甲还是粘在滚轴上面,血从手指直往下流。法齐吓坏了,高叫一声,撒开飞轮来拥抱我,恳求我别再叫得那么响,还说他这下可完了。我虽处于痛苦之中,却被他的痛苦所感动,就一声不吭了,两个人到了蓄水池边,他帮我把手指洗干净,用青苔止住血。他两眼含泪恳求我别告他的状,我答应了。我一直坚守诺言,就在二十多年以后谁也不知道我这两个指头到底为什么留下伤疤,直到如今。我在床上躺了三个多星期,两个多月没法用手,只说我的指头是被滚落下来的大石头砸碎的。

> Magnanima menzogna! or quando è il vero Sibélieche si possa a te preporre?①

（宽宏大量的谎言啊！难道有比这美妙的真相更值得去爱的吗？）

在当时的条件下，我对这件意外事故的感受分外深刻，因为那时正是民兵操练的时光，我本来跟另外三个同年的孩子组成一列，穿上制服，跟我们所住的那一区的连队一起参加操练。我眼睁睁地看着我那三个伙伴在鼓声中跟连队一起走过我的窗口，而我却只能躺在床上。

另外一件事跟这也完全一样，不过发生在我年龄较大一点的时候。

我跟一个名叫普朗斯的伙伴常在普朗宫区②

---

① 见塔索《解放了的耶路撒冷》（第二部，第二十二歌）。索夫罗尼为了搭救基督教徒，承认她并未犯的罪行。

② 在日内瓦。

打槌球。有一次在玩的时候我们吵了起来，打开了架，他在我光秃秃的脑袋上打了一槌，打的是那么准，要是手再重一点的话，就会使我脑袋开花。我马上就倒下来了。可怜的孩子见我头上流血，那慌乱劲儿是我一辈子也没有见过的。他以为把我打死了，赶紧跑到我跟前，拥抱我，把我紧紧搂在怀里，热泪横流，尖叫不已。我也以全身的力量拥抱他，跟他一起啼哭，那是一种说不出来的感情，其中并不缺乏甘美的滋味。我的血还在流着，他赶紧把它止住。看到我们的两块手绢也无济于事，他就领我上他妈妈那里，她的小花园就在附近。这位好心的夫人看到我这副模样，吓得差点儿晕了过去，不过她马上鼓起勇气来为我包扎；她把我的伤口仔细洗过，把在烧酒里泡过的百合花敷在上面——这是我们家乡广泛使用的极好的敷伤药。他们母子俩的泪水浸润了我的心，我很久都把她看成是我的母亲，把她的儿子看成是我的兄弟,直到日后久不见面,慢慢把他们遗忘了为止。

跟前一件事故一样,我对这一件也是守口如瓶的。类似的事一生中遇到不下百次,我连在《忏悔录》里提一提的念头都没起过,因为我不想在这部作品里把我曾感到的我品格中的优点加以突出。当我违反我明明知道的真相而说话时,那总是一些无关紧要的事,而且总是或者由于难以启口,或者出于写作的乐趣,绝不会是出于自身的利益或是为了讨好或损害别人。谁要是能不偏不倚地读一读我的《忏悔录》,一定会感到,跟坦白一件虽然比较严重然而说出来不那么不光彩的罪恶相比,我在书里所作的坦白使我更加丢脸,说出来也更加痛苦,而我之所以没有说前一类的罪恶,那是因为我并没有犯过。

从以上这些想法可以看出,我所作的坦白,它的基础更多的是正直感和公正感,而不是事实的真实性，我在实践中更多地遵循的是我良心在伦理道德方面所受的指引而不是抽象的是非概念。我讲过不少无稽之谈，但很少撒过谎。在遵照这些原则时，我给别人抓住不少把柄，但我没有提任何人的不是，也没有把我的优点说过了头。我觉得，只有这样做，真实才能是一种美德。从其他任何观点看，它就只能是从中既得不出善也得不出恶的一种玄学而已。

然而有了这样一些区别，我并不因而就相当的心安理得，认为自己就是无可指责。在反复考虑我有负于人之处的时候，我是否充分考虑我有负于己之处呢？如果说对人要公道，那么对己也要真实，这是一个有教养的人对自己的尊严应有的尊重。我不该由于言辞枯窘而被迫编些无害的虚构，因为绝不该为了取悦于人而贬低自己；而当我为乐趣所驱，在真实的事上添加一些编造出来的点缀时，我就更不应该了，因为用无稽之谈来点缀真相，实际就是歪曲了真相。

然而使我更难以原谅的是我所选的那条座右铭①。这条座右铭要求我比任何人更严格地信奉真理，而仅仅是随时牺牲我的利益和爱好也还嫌不足，还得为此而去掉我的软弱和天生的腼腆。应该有在任何情况下都保持真实的勇气和力量，决不让任何虚构和编造的东西从奉献给真理的口中和笔下发出。这才是我在选择这条高尚的座右铭时应该想到，并在敢于遵循它的期间应该反复去想的一点。我的谎言从来不是出之虚伪，而全都是软弱的产物，但这并不足以为我辩解。性格软弱，至多只能做到不犯罪恶，如果还要侈谈高尚的美德，那就是狂妄和大胆了。

以上这些想法，要是没有罗西埃教士的启发，也许不会进入我的脑海。当然，要想把这

---

① 指"终生献于真理"。

些想法付诸实践,为时确已嫌晚;但用来纠正错误,把我的意志重新纳入正轨,至少还不能算迟,因为从今以后,这就是唯一操之于我的东西了。在这一点以及在类似的一切事情上,梭伦的那句箴言对各种岁数的人都能适用:要学习,甚至从自己的敌人那里去学习怎样做到明智、真实、谦逊,学习怎样避免自视过高,这总不会为时太晚的。

漫步之五

在我住过的地方当中(有几处是很迷人的),只有比埃纳湖中的圣皮埃尔岛①才使我感到真正的幸福,使我如此亲切地怀念。这个小岛,纳沙泰尔人称之为土块岛,即使在瑞士也很不知名。据我所知,没有哪个旅行家曾提起过它。然而它却非常宜人,对一个想把自己禁锢起来的人来说,位置真是出奇地适宜;尽管

---

① 卢梭从莫蒂埃村被逐后(此村在纳沙泰尔邦的特拉维尔山谷中,当时受普鲁士统治),于1765年9月18日迁往四公里外的该岛,于10月25日再度被迫离开,逃往斯特拉斯堡,再经巴黎去英国休谟处(参看《忏悔录》第十二章)。卢梭当年在岛上住过的房子现在是家旅馆,年轻的浪漫主义者经常到这里来朝圣。

我是世上唯一命定要把自己禁锢起来的一个人，我却并不认为这种爱好只有我一个人才有——不过我迄今还没有在任何他人身上发现——这一如此合乎自然的爱好。

比埃纳湖边的岩石和树林离水更近，也显然比日内瓦湖荒野些，浪漫色彩也浓些，但和它一样的秀丽。这里的田地和葡萄园没有那么多，城市和房屋也少些，但更多的是大自然中青翠的树木、草地和浓荫覆盖的幽静的所在，相互衬托着的景色比比皆是，起伏不平的地势也颇为常见。湖滨没有可通车辆的大道，游客也就不常光临，对喜欢悠然自得地陶醉于大自然的美景之中，喜欢在除了莺啼鸟啭、顺山而下的急流轰鸣之外别无声息的环境中进行沉思默想的孤独者来说，这是个很有吸引力的地方。这个差不多呈圆形的美丽的湖泊，正中有两个小岛，一个有人居住，种了庄稼，方圆约半里约①；另一个小些，荒无人烟，后来为了不断挖土去修大岛上被波涛和暴风雨冲毁之处而终于遭到破坏。弱肉总为强食。

　　岛上只有一所房子，然而很大，很讨人喜欢，也很舒适，跟整个岛一样，也是伯尔尼医院的产业，里面住着一个税务官和他的一家人以及他的仆役。他在那里经营一个有很多家禽的饲养场、一个鸟栏、几片鱼塘。岛虽小，地形和地貌却变化多端，景色宜人的地点既多，也能种各式各样的庄稼。有田地、葡萄园、树林、果园、丰沃的牧地，浓荫覆盖，灌木丛生，水源充足，一片清新；沿岛有一个平台，种着两行树木，平台中央盖了一间漂亮的大厅，收摘葡萄的季节，湖岸附近的居民每星期天都来欢聚跳舞。

　　在莫蒂埃村住所的投石事件以后，我就是

---

　　① 一里约约为四公里。

逃到这个岛上来的。我觉得在这里真感到心旷神怡,生活和我的气质是如此相合,所以决心在此度过余年。我没有别的担心,就怕人家不让我实现我的计划,这计划是跟有人要把我送到英国去的那个计划很不协调的,而后者会产生什么结果,我那时已经有所感觉了。这样的预感困扰着我,我真巴不得别人就把这个避难所作为把我终身监禁的监狱,把我关在这里一辈子,消除我离去的可能和希望,禁止我同外界的任何联系,从而使我对世上所发生的一切一无所知,忘掉它的存在,也让别人忘掉我的存在。

人们只让我在这个岛上待了两个月,而我却是愿意在这里待上两年,待上两个世纪,待到来世而不会有片刻厌烦的,尽管我在这里除了我的伴侣[①]以外来往的就只有税务官、他的太

---

① 指戴莱丝·勒·瓦瑟。卢梭自 1745 年起即和她同居,直到 1768 年才正式结婚。

太还有他的仆人。他们确实都是好人，不过也就是如此而已，而我所需要的却也正是这样的人。我把这两个月看成是一生中最幸福的时刻，要是能终生如此，我就心满意足，片刻也不作他想了。

这到底是种什么样的幸福？享受这样的幸福又是怎么回事？我要请大家都来猜一猜我在那里度过的是怎样的生活。可贵的 farniente（闲逸）的甘美滋味是我要品尝的最主要的第一位的享受，我在居留期间所做的事情完全是一个献身于闲逸生活的人所必须做的乐趣无穷的活动。

有人求之不得地盼望我就这样与世隔绝，画地为牢，不得外力的援助就不可能在众目睽睽之下离开，没有周围的人帮忙就既不能同外界联系，也不能同外界通信。他们的这个希望使我产生了在此以前所未曾有过的就此安度一生的指望；想到我有充分时间来悠悠闲闲地处理我的生活，所以在开始时我并没有作出任何安排。我被突然遣送到那里,孤独一人,身无长物,我接连把我的女管家①叫去,把我的书籍和简单的行李运去。幸而我没有把我的大小箱子打开,而是让它们照运到时的原样摆在我打算了此一生的住处,就好像是住一宿旅馆一样。所有的东西都原封不动地摆着,我连想都没有想去整理一下。最叫我高兴的是我没有把书箱打开,连一件文具也没有。碰到收到倒霉的来信,使我不得不拿起笔来时,只好嘟囔着向税务官去借,用毕赶紧归还,但愿下次无须开口。我屋里没有那讨厌的文具纸张,却堆满了花木和干草;我那时生平第一次对植物学产生了狂热的兴趣,这种爱好原是在狄维尔诺瓦博士②启发下养成的,后来马上就成为一种嗜好。我不想做什么正经的工作,只想做些合我心意,连

---

① 即戴莱丝·勒·瓦瑟。

② 卢梭在莫蒂埃村时结识的朋友,博士头衔是卢梭开玩笑加的。

懒人也爱干的消磨时间的活儿。我着手编《皮埃尔岛植物志》,要把岛上所有的植物都描写一番,一种也不遗漏,细节详尽得足以占去我的余生。听说有个德国人曾就一块柠檬皮写了一本书;我真想就草地上的每一种禾本植物、树林里的每一种苔藓、岩石上的每一种地衣去写一本书;我也不愿看到任何一株小草、任何一颗植物微粒没有得到充分的描述。按照这个美好的计划,每天早晨我们一起吃过早饭以后,我就手上端着放大镜,腋下夹着我的《自然分类法》[①],去考察岛上的一个地区,为此我把全岛分成若干方块,准备每一个季节都在各个方块上跑上一圈。每次观察植物的构造和组织、观察性器官在结果过程中(它的机制对我完全是件新鲜事物)所起的作用时,我都感到欣喜若狂,心驰神往,真是奇妙无比。各类植物特性

[①] 瑞典博物学家、双名命名法的创立者林内(1707—1778)最重要的著作。

的不同,我在以前是毫无概念的,当我把这些特性在常见的种属身上加以验证,期待着发现更罕见的种属时,真是心醉神迷。夏枯草两根长长的雄蕊上的分叉、荨麻和墙草雄蕊的弹性、凤仙花的果实和黄杨包膜的爆裂,以及我首次观察到的结果过程中的万千细微现象使我心中充满喜悦。拉封丹曾问人可曾读过《哈巴谷书》[①],我也要问大家可曾见过夏枯草的角。两三个小时以后,我满载而归,下午如果遇雨的话,在家也就不愁没有消遣的东西了。上午剩下的时间,我就用来跟税务官、他的妻子和戴莱丝一起去看他们的工人和庄稼,经常也动手帮帮忙;也时常有伯尔尼人来看我,他们常看到我骑在大树枝上,腰里围了一个装果子的口袋,

---

① 此系卢梭之误。拉封丹曾问人可曾读过《巴录书》,而不是《哈巴谷书》。前者是次经(即历史上有过争议,最后才被列入正典的经卷)中的一卷,后者是《圣经·旧约》中的一卷。

满了就用绳子坠下来。早上的活动，加上由此而必然产生的愉快心情，使得我午饭吃得很香；但当用餐时间过久，天气又好时，我不耐久等，就在别人还没有散席的时候溜了出去，独自跳进一只小船，如果湖面平静，就一直划到湖心，仰面躺在船中，双眼仰望长空，随风飘荡，有时一连漂上几个小时，沉浸在没有明确固定目标的杂乱而甘美的遐想之中。在我心目中，这样的遐想比我从所谓的人生乐趣中得到的甜蜜不知要好上几百倍。有时夕阳西下，告诉我踏上归途的时刻已经来到，那时我离岛已经很远，不得不奋力划桨，好在天黑以前赶到家里。有时，我不奔向湖心，却沿着小岛青翠的岸边划行，那里湖水清澈见底，岸畔浓荫密蔽，叫我如何不跳下水去畅游一番！但最经常的还是从大岛划到小岛，在那里弃舟登岸，度过整个下午，有时漫步于稚柳、泻鼠李、春蓼和各式各样的灌木之间，有时坐到长满细草、欧百里香、岩黄芪和苜蓿的沙丘顶上。这苜蓿看来是从前有人播下的,特别适于喂兔,兔子可以在那里安然成长,一无所惧,也不至糟蹋什么。我把这种想法跟税务官讲了,他就从纳沙泰尔买了几只回来,有公有母,他妻子和小姨、戴莱丝和我四个人浩浩荡荡地把它们护送到这小岛上,它们在我走以前就开始繁殖起来,如果能耐住严冬的话,肯定是可以繁荣昌盛的。这小小的殖民地的建立真是一个欢庆的节日。我踌躇满志地领着我们这支队伍跟兔子从大岛来到小岛,比阿耳戈号的指挥①还要神气;我也骄傲地注意到这样一个事实:税务官的太太向来是怕水怕得要命的,一到水上就要头晕眼花,这次却信心百倍地登上我划的船,一路上一点也没有害怕。

当湖面波涛汹涌,无法行船时,我就在下

---

① 即希腊神话中带领五十名英雄乘舟前往科尔喀斯去寻找金羊毛的伊阿宋。

午周游岛上,到处采集植物标本,有时坐在最宜人、最僻静的地点尽情遐想,有时坐在平台或土丘上纵目四望,欣赏比埃纳湖和周围岸边美妙迷人的景色。湖的一边近处是起伏的山冈,另一边展为丰沃的原野,一直可以望到天际蔚蓝的群山。

暮色苍茫时分,我从岛的高处下来,高高兴兴地坐到湖边滩上隐蔽的地方;波涛声和水面的涟漪使我耳目一新,驱走了我心中任何其他的激荡,使我的心浸沉在甘美的遐想之中,就这样,夜幕时常就在不知不觉中垂降了。湖水动荡不定,涛声不已,有时訇的一声,不断震撼我的双耳和两眼,跟我的遐想在努力平息的澎湃心潮相互应答,使我无比欢欣地感到自我的存在,而无须费神去多加思索。我不时念及世间万事的变化无常,水面正提供着这样一种形象,但这样的思想不但模糊淡薄,而且倏忽即逝;而轻轻抚慰着我的平稳宁静的思绪马上就使这些微弱的印象化为乌有,无须我心中有何活动,就足以使我流连忘返,以至回归时还不得不作一番努力,才依依不舍地踏上归途。

晚饭以后,如果天色晴和,我们再一次一起到平台上去散步,呼吸湖畔清新的空气。我们在大厅里休息,欢笑闲谈,唱几支比现代扭扭捏捏的音乐高明得多的歌曲,然后带着一天没有虚度的满意心情回家就寝,一心希望明天也是同样的欢快。

除了有不速之客前来探望之外,我在这岛上逗留的日子就是这样度过的。那里的生活是那么迷人,我心中的怀念之情是如此强烈、亲切、持久,事隔十五年①,每当我念及这可爱的住处时,总免不了心驰神往。

在这饱经风霜的漫长一生中,我曾注意到,享受到最甘美、最强烈的乐趣的时期并不是回

---

① 卢梭在圣皮埃尔岛居住是在1765年,而在1778年即去世,相隔仅十三年。

忆起来最能吸引我、最能感动我的时期。这种狂热和激情的短暂时刻，不管它是如何强烈，也正因为是如此强烈，只能是生命的长河中稀疏散布的几个点。这样的时刻是如此罕见、如此短促，以致无法构成一种境界；而我的心所怀念的幸福并不是一些转瞬即逝的片刻，而是一种单纯而恒久的境界，它本身并没有什么强烈刺激的东西，但它持续越久，魅力越增，终于导人于至高无上的幸福之境。

　　人间的一切都处在不断的流动之中。没有一样东西保持恒常的、确定的形式，而我们的感受既跟外界事物相关，必然也随之流动变化。我们的感受不是走在我们前面，就是落在我们后面，它或是回顾已不复存在的过去，或是瞻望常盼而不来的未来；在我们的感受之中毫不存在我们的心可以寄托的牢固的东西。因此，人间只有易逝的乐趣，至于持久的幸福，我怀疑这世上是否曾存在过。在我们最强烈的欢乐之中，难得有这样的时刻，我们的心可以真正对我们说："我愿这时刻永远延续下去。"当我们的心忐忑不安、空虚无依、时而患得、时而患失时，这样一种游移不定的心境，怎能叫作幸福？

假如有这样一种境界，心灵无须瞻前顾后，就能找到它可以寄托，可以凝聚它全部力量的牢固的基础；时间对它来说已不起作用，现在这一时刻可以永远持续下去，既不显示出它的绵延，又不留下任何更替的痕迹；心中既无匮乏之感也无享受之感，既不觉苦也不觉乐，既无所求也无所惧，而只感到自己的存在，同时单凭这个感觉就足以充实我们的心灵：只要这种境界持续下去，处于这种境界的人就可以自称为幸福，而这不是一种人们从生活乐趣中取得的不完全的、可怜的、相对的幸福，而是一种在心灵中不会留下空虚之感的充分的、完全的、圆满的幸福。这就是我在圣皮埃尔岛上，或是躺在随波漂流的船上,或是坐在波涛汹涌的比埃纳湖畔,或者站在流水潺潺的溪流边独自遐想时所常处的境界。

在这样一种情况下,我们是从哪里得到乐趣的呢?不是从任何身外之物,而仅仅是从我们自己,仅仅是从我们自身的存在获得的;只要这种境界持续下去,我们就和上帝一样能够自足。排除了任何其他感受的自身存在的感觉,它本身就是一种弥足珍贵的满足与安宁的感觉,只要有了这种感觉,任何人如果还能摆脱不断来分我们的心、扰乱我们温馨之感的尘世的肉欲,那就更能感到生活的可贵和甜蜜了。但大多数人为连续不断的激情所扰,很少能经历这种境界,同时由于仅仅在难得的片刻之间不完全地领略了这种境界,对它也只留下一种模糊不清的概念,难以感到它的魅力。在当前这样的秩序下,对社会生活日益增长的需求要求他们去履行社会职责,如果他们全都去渴求那种醇美的心醉神迷的境界，而对社会生活产生厌倦，这甚至还不是件好事。但是一个被排除于人类社会之外的不幸者，他在人间已不可能再对别人或自己作出什么有益之事，那就可在这种境界中去觅得对失去的人间幸福的补偿，而这是命运和任何人都无法夺走的。

不错，这种补偿并不是所有的人，也不是在任何情况下都能感受的。要做到这一点，心必须静，没有任何激情来扰乱它的安宁。必须有感受者的心情和周围事物的相互烘托。既不是绝对的平静，也不能有过分的激动，而是一种均匀的、温和的、既没有冲动也没有间歇的运动。没有运动，生命就陷于麻木状态。运动如果不均匀或过分强烈，它就会激起我们的狂热；如果它使我们想起周围的事物，那就会破坏遐想的魅力，打断我们内心的省察，把我们重新置于命运和别人的轭下，而去念及自己的苦难。绝对的安静则导致哀伤，向我们展现死亡的形象。因此,有必要向欢快的想象力求助,而对天赋有这种想象力的人来说,它是会自然而然地出现在脑际的。那种并非来自外界的运动产生于我们自己的内心。不错,当有轻快甜蜜的思想前来轻轻掠过心灵的表面而不去搅动它的深处时,心中的宁静固然不是那么完全,然而却是十分可喜的。只要有相当的这样的思想,我们就可以忘记所有的痛苦而只记得我们自己。只要我们能够安安静静,这样的遐想无论在何处都能进行;我时常想,如果在巴士底狱,甚至在见不到任何东西的单人牢房里,我都可以愉快地进行这样的遐想。

然而必须承认,在一个跟世界其余部分天然隔绝的丰沃而孤寂的小岛上进行这种遐想却要好得多,愉快得多;在那里,到处都呈现出欢快的景象,没有任何东西勾起我辛酸的回忆,屈指可数的居民虽然还没有使我乐于与之朝夕相处,却都和蔼可亲,温和体贴;在那里,我终于能毫无阻碍、毫无牵挂地整日从事合我口味的工作，或者置身于最慵懒的闲逸之中。对一个懂得如何在最令人扫兴的事物中浸沉在愉快的幻想里的遐想者来说，能借助感官对现实事物的感受而纵横驰骋于幻想之间，这样的机会当然是美好的。当我从长时间的甘美的遐想中回到现实中来时，眼看周围是一片苍翠，有花有鸟；纵目远眺，在广阔无垠的清澈见底的水面周围是富有浪漫色彩的湖岸，这时我以为这些可爱的景色也都是出之于我的想象；等到我逐渐恢复自我意识，恢复对周遭事物的意识时，我连想象与现实之间的界限也确定不了了：两者都同样有助于使我感到我在这美妙的逗留期间所过的沉思与孤寂的生活是何等可贵。这样的生活现在为何还不重现？我为什么不能到这亲爱的岛上去度过我的余年，永远不再离开，永远也不再看到任何大陆居民！看到他们就会想起他们多年来兴高采烈地加之于我的种种灾难。他们不久就将被人永远遗忘,但他们肯定不会把我忘却;不过,这又有什么关系?反正他们没有任何办法来搅乱我的安宁。摆脱了纷繁的社会生活所形成的种种尘世的情欲,我的灵魂就经常神游于这一氛围之上,提前跟天使们亲切交谈,并希望不久就将进入这一行列。我知道,人们将竭力避免把这样一处甘美的退隐之所交还给我,他们早就不愿让我待在那里。但是他们却阻止不了我每天振想象之翼飞到那里,一连几个小时重尝我住在那里时的喜悦。我还可以做一件更美妙的事,那就是我可以尽情想象。假如我设想我现在就在岛上,我不是同样可以遐想吗?我甚至还可以更进一步,在抽象的、单调的遐想的魅力之外,再添上一些可爱的形象,使得这一遐想更为生动活泼。在我心醉神迷时这些形象所代表的究竟是什么,连我的感官也时常是不甚清楚的;现在遐想越来越深入,它们也就被勾画得越来越清晰了。

跟我当年真在那里时相比,我现在时常是更融洽地生活在这些形象之中,心情也更加舒畅。不幸的是,随着想象力的衰退,这些形象也就越来越难以映上脑际,而且也不能长时间地停留。唉!正在一个人开始摆脱他的躯壳时,他的视线却被他的躯壳阻挡得最厉害!

漫步之六

我们所做的不自觉的动作,只要我们善于探索,差不多全都可以从我们心中找到它的原因。昨天,当我沿着新林荫大道走去,准备到让蒂耶那边皮埃弗河畔采集植物标本时,到了离地狱门[①]不远的地方,我就向右绕了一个弯,从田野绕过去,从枫丹白露大道登上那条小河边的高冈。这一绕本身并无所谓,但当我想起我在这以前已经多次这样不自觉地绕弯的时候,我就思量这到底是为了什么。当我找出其中的缘由时,我不禁哑然失笑。

---

① 巴黎旧时的一个城门,在今蒙巴纳斯公墓稍北。

在林荫大道的一个拐角,在地狱门外,夏季每天都有个妇女在那里摆摊卖水果、药茶和面包。这个妇女有个小男孩,很可爱,然而是瘸子,架着双拐,一瘸一拐地走到行人跟前,颇有礼貌地乞讨。我跟这小家伙早就认识上了,每次路过,他都不免向我问候一番,我也少不了施舍几文。在开始时,我很高兴看到他,十分乐意给他钱,在一段时间内一直都是高高兴兴地这样做,甚至时常逗他说上两句,觉得挺惬意的。这种乐趣一步一步地变成了一种习惯,后来也不知怎么就变成了一种义务,我马上就感到这是一件伤脑筋的事,特别是因为每次都得听他一段开场白,听他为了表示跟我很熟而叫我卢梭先生;而事实上他对我的了解并不比教他这么做的人更深些。从此以后,我就不怎么愿意打那里经过,最后不自觉地养成了快到那个路口就绕着过去的习惯。

这是我在进行思考时才发现的事实,而直

到那时为止,这些事情从没有清清楚楚地在我脑子里映现过。这样一个观察结果使我陆陆续续地想起了好些好些类似的事情,它们充分表明,我对我的大多数行为的真正的原始的动机,并不像我原先所想的那么清楚。我知道,我也感到,做好事是人心所能尝到的唯一真正的幸福;然而很久以来,我就被剥夺了得到这种幸福的可能,而像我这样命途多舛的一个人,又怎能指望可以自由地、有效地办一件真正的好事!操纵我的命运的人,他们最关心的事就是让我只能看到一切事物的骗人的假象,所以,任何合乎道德的动机都是他们用来引我堕入他们为我所设的圈套的诱饵。这,我现在是明白了;我懂得,我从此所能做的唯一的一件好事就是无所作为,免得在无意中,在不知不觉中把事情办坏。

然而我从前也曾有过较为幸福的时刻,那时我有时还可以照自己的心愿,使另外一个人心里高兴;我现在可以毫无愧色地为自己作证,那时每当我尝到这种乐趣时,我总觉得这种乐趣比任何其他乐趣都要甘美。这种气质是强烈的、真实的、纯洁的,在我内心深处,从来还没有任何跟它不相符的东西。然而我也时常感到,我自己所做的好事结果招来一系列的义务,变成了一种负担;那时,乐趣就消失了,同样的好意在开始时使我非常高兴,继续下去却成了叫人受不了的伤脑筋的事情。在我短暂的幸运的日子里,很多人有求于我,在我力所能及的范围内,我没有拒绝过任何一个人的要求。我为他们办的好事都是出于一片真心,然而招来了始料不及的层出不穷的义务,这一桎梏从此就无法摆脱了。在受惠者心目中,我为他们办的好事就好比是第一批付款,以后还得一笔又一笔接着缴纳,而只要哪一位把所受的恩惠当作铁钩钩到我身上,那就算把我从此拽住了,而我自觉自愿地做的第一件好事竟给了他无限的权力,以后一有需要就来要我为他效劳,即使是力所不及也无法推辞。就这样,十分甘美的乐趣就变成了难以忍受的束缚。

当我默默无闻时,我觉得这样的锁链还不太沉重。但一旦我这个人随着我的作品而引人注目时——这无疑是个严重的错误,叫我后来大大地吃了苦头——一切受苦的人或自称是受苦的人、一切寻找冤大头的冒险家、一切硬说我有什么崇高威望而实际上是要控制我的人,就统统找上我了。也就是在那个时候,我有机会认识到,人性中的一切倾向,包括行善的倾向在内,一旦有欠谨慎,不加选择地在社会上应用开了,就会改变性质,开始时有用的也时常会变成有害的。那么多惨痛的经验使我原来的倾向慢慢地改变了,或者说得更正确些,被纳入了应有的限度之内,教会我不要那么盲目地依从我做好事的倾向,它其实只对别人的邪恶有利。

不过，对这些惨痛的经验我也毫无遗憾，因为通过我自己的思考，它们启发我认识了自己，启发我对在各种情况下我所作所为的真正动机的认识——对这些动机，我时常是有着不切实际的想法的。我看到，为了高高兴兴去做一件好事，我必须有行动的自由，不受拘束，而只要一件好事变成了一种义务，那做起来就索然无味了。这时义务这个压力就把最甘美的乐趣化为一种负担；此外，就像我在《爱弥儿》中所说的那样[①]，我认为，如果我在土耳其人中生活的话，当人们被要求按他们的身份地位恪尽职责时，我是当不了一个好丈夫的。

这就大大地改变了长期以来我对我自己美德的看法，因为顺乎自己的天性行事算不了美德，为天性所驱而给自己以做好事的乐趣也算不了美德：美德在于当义务要求时能压抑自己

---

① 实际上不是在《爱弥儿》中，而是在《忏悔录》第一部第五章中。

的天性，去做义务要求自己去做的事——这是我不如上流社会人士的地方。我生来敏感、善良，怜悯心强到近于软弱的地步，心灵因一切宽宏大量的行为而感到振奋，只要别人打动我的心，我这人是富有人情味的，乐于行善，乐于助人；如果我是最有势力的人，那么我就会是最好、最仁慈的人；只要我感到自己有能力报仇，心中那报仇的念头也就全消了。我可以毫无难色地牺牲自己的利益而主持公道，但到要牺牲我所爱的人的利益时，我就难下决心了。当我的义务和我的感情发生矛盾时，前者很少能战胜后者，除非是我不采取行动就能履行我的义务；这，我经常是能做到的，但要我违反我的天性行事，那总是不可能的。是别人、义务甚至是必然性在指挥我做这做那，只要我的感情未为所动，我也就木然而不会下定决心，我也不会听从指挥。临到我头上的祸事我是看得见的，但是我却不愿动弹一下去防止，宁愿眼睁睁地瞧它到来。有时我开始时也挺起劲，但这股劲儿很快就松了下来，经常是虎头蛇尾。在任何能想到的事上，我要是不能愉快地去做的话，那就马上变得根本不可能去做了。

不仅如此，一件事只要是带强制性的，它尽管符合我的愿望，但也足以使我的愿望消失，使之转化为厌恶之情，并且这种强制只要稍为厉害一些，甚至还会化为强烈的反感；就这样，别人要求我做的好事，我只觉其苦；别人没有要求我做的好事，我就会主动去做。我所乐于做的是纯粹没有功利动机的好事。但当受惠的人以此作为理由，要求我继续施恩，不然就要恨我时，当他强制我永远做他的恩人时，那么，虽然我在开始时以此为乐，这时乐趣也就烟消云散，苦恼之情随之而生。如果我让步而照办，那是出于软弱和难为情：这里已没有什么真心诚意；我在内心里非但不为此夸奖自己，反而为违心地去做好事而深自责备。

我知道，在施恩者和受惠者之间是存在着一种契约的，甚至还是一切契约中最神圣的一种。施恩者和受惠者结成了一种社会，当然比一般所说的社会小些；受惠者应该在默默中流露出感激之情，施恩者则只要受惠者没有对他不起，就应该继续好心相待，凡有所求就必有所应。这些条件并没有明文规定，但却是两人之间已建立关系的必然结果。谁要是在别人首次对他有所求时予以拒绝，被拒绝者是无权抱怨的；但谁要是对某人施过恩而下次拒绝，那就是使这个人有权去抱的希望遭到幻灭，使他的期待落空，而这种期待却正是他自己让对方产生的。这样一种拒绝，人们就认为是不公正的，比前一种拒绝难堪得多；然而这样一种拒绝毕竟也是出之我们的内心的、是不愿轻易放弃的独立自主性的一种表现。当我偿还一笔债务时，我是尽我的一项义务；当我赠予礼物时，这是我的一种乐趣。尽义务的乐趣却只是经常按道德行事的人才能产生的乐趣，全凭天性行事的人是达不到这种境界的。

饱尝了这么多惨痛的经验以后，我终于学会了怎样预见我的最初冲动所能产生的后果，我也时常不敢去做我愿做也能做的好事，唯恐冒冒失失地从事以后，日后陷于被动受制的局面。这样的担心却不是一向就有的，恰恰相反，当我年轻的时候，我是非常乐于做好事的；我那时也时常感到，受我恩惠的人对我之所以有感情乃是出于感激之情，而不是出之利害关系。然而当我的苦难开始以后，在这方面，和任何其他方面一样，事情就大不一样了。从那时起，我是在另一代人中间生活，这一代跟我年轻时的那一代全然不同，别人对我的感情起了变化，我对别人的感情也起了变化。我先后在这迥然不同的两代人中见到的同样的一些人，可说是先后被这两代人同化了。譬如夏梅特伯爵①,我当初对他是如此尊敬,他爱我也是如此真诚,可当他一旦成为舒瓦瑟尔②集团的成员,他就为两个亲戚谋到了主教职位;又譬如巴莱神父③,原来是受过我的恩惠的,年轻时也是我的好朋友,是个好小伙子,后来由于出卖我而在法国有了地位;又譬如比尼斯神父④,原是我在威尼斯当秘书时的下手,我的所作所为理所当然地赢得了他的爱戴和尊敬,后来却因自己的利益而改变腔调和态度,不惜昧了良心,抛弃真理而发了大财。连穆尔杜⑤居然也颠倒黑白。他们

---

① 夏梅特伯爵即《忏悔录》第五章中提到的孔济埃先生。

② 舒瓦瑟尔(1719—1785),1758年任法国外交大臣,后任陆海军大臣。

③ 巴莱神父,音乐爱好者,见《忏悔录》第五章。

④ 比尼斯神父,卢梭在法国驻威尼斯大使馆供职时的同事,见《忏悔录》第七章。

⑤ 穆尔杜,卢梭的至交,卢梭离世前两月曾将《忏悔录》手稿托付给他。

跟所有其他的人一样，从原来的真诚坦率变到他们现在这个样子。也正是在这点上，时代不同了，人也跟时代一起变了。唉！在那些人身上，当初使我对他们产生感情的品质，现在却已适得其反，我怎么还能保持对他们的原有的感情呢！我一点也不恨他们，因为我不懂得什么叫恨；但是我无法不蔑视他们（这是他们罪有应得），禁不住要流露出这份蔑视之情。

也许，在不知不觉中，我自己也已经变得太厉害了：处在我这样的境遇中，什么样的本性又能不起变化？积二十年的经验，我深知大自然赋予我心的那些优秀品质，由于我的命运和操纵我命运的那些人，全都变得已有损于人也有损了，我现在只能把别人要我做的好事看成是他们为我设下的圈套，其中必然隐藏着什么祸害。我知道，不管我做的事情产生怎样的效果，我那一番好心总是徒劳无功的。不错，功总还是有的，不过内心的欣悦之感没有了；

而一旦缺乏这种欣悦之感的激励，心中也只剩下冷漠乏味的感觉；同时明明知道我做的事不会真有好处，而只能使自己白白上当受骗，自尊心受到损害，再加上理智的反对，也就只能使我产生厌恶和抗拒的情绪；而假若顺乎我的本性的话，我是会满腔热忱去做的。

逆境有多种多样，有的能使你的心灵高尚并且变得坚强，有的则打击和扼杀你的心灵：我所处的正是后一种。在我心中只要稍为有一点酵母的话，我的逆境就会使它充分膨胀，使我发狂；然而事实上我的逆境却只是使我成为一个无足轻重的人。我既不能为自己或别人做点什么好事，我也就避免去做任何事情；这种处境既是不由自主的，那也就无可指责了；当我无须内疚而只凭天性驱使时，它也就给我带来了一种温馨的感觉。我无疑是做得过分了一些，因为我放过了一切可以有所作为的机会，甚至是只会作出有益的事的机会。然而我深知别人是不让我按事物的本来面目来看待它们的，我也就避免按别人提供的表面现象来判断它们，而不管别人用什么花招来掩盖他们的行为的动机，我一眼就可以看出这些动机都是用来骗人的。

我的命运仿佛是从童年时代起就为我设下了第一个陷阱，使我在一个很长的时期内容易落入其他的陷阱。我生来就是一个易于轻信的人，在整整四十年中，一直没有人辜负我对他们的信任。后来却突然被投入另外一种人、另外一种事物的环境中去，我落进了万千圈套而一无所见；二十年的经历才勉强使我看清了自己有的是什么样的命运。一旦确信人们向我所作的装模作样的姿态无非都是谎言和虚伪的时候，我就马上转到另一个极端：人们一旦不依本性办事，那就如脱缰之马，不受约束了。从此，我就对人产生了厌恶之情；他们的阴谋诡计使我避开他们，我也出自内心的意愿，要求离他们更远一些。

不管他们做什么,我对他们的厌恶也永远不会发展成为强烈的反感的。他们为了使我受他们的支配,结果自己反倒受了我的支配;想到这点,我觉得他们委实也够可怜的。我固然不幸,他们同样也是不幸;每当我暗自思量,我总觉得他们值得怜悯。在作出这样的判断时,也许我的骄傲也在起作用;我觉得我比他们高尚,所以才不屑去恨他们。他们至多只能激起我的蔑视,但绝不能激起我的仇恨;此外,我爱己之心甚切,是不会去恨任何人的。恨别人,那就是把自己的生活圈子加以压缩,而我要的却是把它扩而至于整个宇宙。

我宁愿躲开他们而不去仇恨他们。一见到他们,我的感官就受到刺激,我的心也因他们残酷无情的目光而感到痛苦;但当他们一走,我的不舒服也就马上消失了。当他们在我跟前时,我也不得不虚与委蛇,但等他们一走,我连想也不去想他们了。当我眼前不见他们的时候,对我来说,他们好像就根本不存在了。

也只是在涉及自己的问题时,我才对他们漠不关心,而在他们之间的相互关系上,他们依然使我感兴趣,依然能打动我的心,但那时他们就仿佛成了我在舞台上见到的那些角色了。要叫我对与正义有关的问题漠不关心,那就得把我的精神彻底摧毁。非正义和邪恶的场面现在还会使我怒火中烧,没有丝毫做作夸张并且符合道德的行为则总是使我高兴得浑身发颤,甘美的泪珠不由得夺眶而出。然而必须是我目睹的才行;因为在我自己的事发生以后,除非是我失去了理智,我才会在任何问题上去接受别人的看法,去根据别人的信念来相信什么。

人们对我的品格和本性一无所知,如果对我的外貌也是如此的话,那我就更易于生活在他们之中了。只要我在他们的心目中完完全全是个陌生人,那么跟他们生活在一起甚至还会使我高兴。如果没有强制而只按我的本性行事,如果他们绝不过问我的事,我是还会去爱他们的。我会随时随地以毫无自私之心的善意去对待他们,然而既然我对他们从来没有什么特别的眷恋之情,又不愿受义务的任何束缚,那么他们出于爱面子的心理并按自己的做法,煞费苦心地干出所有的那些事,我也就会主动地以其人之道还治其人之身了。

我这个人天生就该是自由自在、默默无闻、与世隔绝的,如果我一直能这样,我就能一直做好事,因为我心中没有任何害人的激情的根苗。如果我能像上帝那样既不为人所见,又无所不能,我就会跟他一样乐善好施、仁慈善良。力量和自由造就杰出之士,软弱和束缚却只能养成平庸之辈。如果我掌握了吉瑞斯[①]的魔环,

---

① 吉瑞斯,古代传说中的牧童,他有一个金魔环,戴上以后就可以隐身。

它就能使我免于受别人的支配而使别人受我的支配。我时常耽于幻想,想象我在得到这个魔环时将怎样加以利用。只是在幻想中,滥用这个魔环的欲望方始可能实现。假如我有满足自己意愿的自主权力,想做什么就做什么,又能不受任何人的欺骗,那么我所求的又会是什么呢?只有一件:那就是看到普天下的人都心满意足。只有公众的至上幸福才能随时感动我的心,而投身于这项事业的强烈愿望是我最持久的一种热情。我要是能永远公正而不偏袒,善良而不软弱,我也就能避免对别人产生盲目的不信任和不共戴天的仇恨;这是因为,如果我能看到他人的本来面目,识透他们心底的感情的话,我就可能发现,很少有人能好到我应以全部感情去爱的程度,也很少有人坏到我应去恨的程度,同时当我知道他们想害人却害了自己的时候,他们的坏心眼甚至可能使我怜悯他们。也许,在我心情欢畅的时刻,我有时可能会作出一些创造奇迹的幼稚的举动；然而在创造奇迹时，我完全是没有利己的动机的，完全是听凭我的天性行动的，我可能把某些严重的司法案件秉公处理，从宽发落。作为上帝的使者和他的法律的执行者，我将在我力所能及的范围内，创造一些比《圣徒传》和圣美达公墓①的奇迹更明智也更有用的奇迹。

只有在一件事上，隐身之术可能使我产生一些难以抵抗的邪念，而如果一旦走上这条歧途，那我就不知要滑到什么地方去了。如果我自夸还不至被这种法术所蛊惑，或者说什么我的理智足以使我迷途知返，那就是对人性和对我自己认识的不足。在其他任何问题上，我是很有自信的，唯独在这个问题上失败了。一个能力超群的人应该能摆脱人的弱点，否则他超

---

① 据说十八世纪狂热的冉森派教徒一站到圣美达公墓中副祭巴里的墓上就会全身抽搐。这个公墓于 1732 年被封闭。

于旁人之处事实上只能使他比旁人还不如，比自己在不具备超人力量时还不如。

左思右想，我想还是乘没有干出傻事来之前就把魔环扔掉的好。如果别人一定要把我的形象彻底歪曲，一见我面就要给我不公正的对待，那么，为了免得他们见我的面，我就只好远远地避开他们，而不是跟他们在一起而躲躲藏藏。见了我面就躲开，把阴谋诡计瞒着我，躲避阳光，像鼹鼠那样钻进地缝里去的应该是他们。至于我，让他们看我好了，我正求之不得；然而他们办不到：他们所看见的我永远是他们自己塑造出来的那个让-雅克·卢梭，是他们按自己的心愿塑造出来的，好让他们恨之入骨的那个让-雅克·卢梭。我要是为他们对我的看法而感到痛苦，那就是我的不是了：对他们的看法我不该产生任何兴趣，因为他们所看到的并不是我自己。

从这一切思考可以得出这样的结论：我这

个人从来就不适合生活在这个文明社会中,这里到处都是束缚、义务、职责,而我的天性使我不能容忍为了跟别人生活在一起而必须忍受的束缚。只要我能自由行动,我就是好人,做的都是好事;然而一旦我感到受束缚,必然性加之于我的束缚也好,别人加之于我的束缚也好,我就反抗,或者说得更正确些,我就发犟脾气:这时,我就一无是处。当我必须作出违反我自己意志的事来的时候,那就不管怎样,我是绝不会去做的;我甚至也不去照我自己的意志行事,因为我软弱。我避免有所行动,因为我的软弱就表现在行动方面;我的力量属于负数消极方面,我的全部罪过都是由于我没去做该做的事而引起的,很少是因为我做了什么事才产生的。我从来就认为人的自由并不在于可以做他想做的事,而在于可以不做他不想做的事;这就是我一向要求也时常保有的那种自由,唯其如此,我在同代人的心目中成了最荒谬绝伦的人。他们忙忙碌碌，东奔西跑，野心勃勃，不愿看到别人享有自由，而只要他们能为所欲为，或者能操纵别人的所作所为，他们连自己有没有自由也不在乎了；他们一生所做的事也是他们自己反感的事，但为了能凌驾于别人之上，他们什么卑鄙的事也都干得出来。因此，他们的过错并不在于把我当作无用的成员而把我排斥于社会之外，而在于把我当作有害的成员而摈弃于社会之外；我承认，我做过的好事很少，但是做坏事，我一生中还从没有过这样的意愿，同时我还怀疑世上是否还有人干的坏事会比我还要少些。

漫步之七

对长期遐想的回顾还刚开始,我就感到它已经临近尾声了。另外一种消遣正在接替它,吸引我的全部精力,甚至占去我进行遐想的时间。我以近乎狂热的兴致从事这种消遣,每当我思念及此的时候,都不免哑然失笑;然而我的兴致并未稍减,因为在我所处的景况中,除了无拘无束地听从我的天性行事以外,再也没有其他可以遵循的行动准则。对我自己的命运,我是无可奈何,只能顺从我无邪的天性;别人对我的毁誉,我一概置之度外,最明智的办法莫过于在我力所能及的范围内,无论在公共场合还是只身独处时,做我乐于去做的事,全凭我的幻想去摆布，仅仅受我尚存的一点微薄的力量的限制。我这就以干草作为唯一的食粮，以植物学作为唯一的消遣了。我在已进入老年时，在瑞士从狄维尔诺瓦博士那里学到了一点植物学的皮毛，后来在漂泊期间，采集了不少标本，对植物界积累了过得去的知识。现在我已年过六旬，又住在巴黎，要大规模地采集标本，体力已经不支，而且我正为了无须从事其他工作而忙于抄写乐谱、采集标本这种消遣也已没有必要，早就放弃了；我把采集到的标本都卖掉了，图书也已全部脱手，仅在散步之际以不时观察巴黎近郊常见的植物为满足。在这期间，我所掌握的那点知识几乎全都从脑海里消失了，比记住这些知识要快得多。

现在我已六十有五，原有的一点记忆力和跋山涉水的气力都已荡然无存，既无向导也无图书，既无花园也无标本集，而我却忽然重新产生了这种狂热，比第一次时还要强烈；我立下雄心壮志,要把穆雷的《植物界》①从头背到底,要把世上所有的植物统统认全。植物学图书已没有条件再买,我就把借来的书抄将起来,同时决心采集比上次还要丰富的标本,要把大海和阿尔卑斯山之间所有的植物,印度所有的树木都采集到手,先从不费钱的海丝、细叶芹、琉璃苣、千里光开始;每次碰上一种从没见过的草,我都不免兴高采烈地发出一声赞叹:"又多了一样植物!"

我不想为我这种异想天开辩解,反正我觉得这合情合理,因为我深信,处于我这样的境遇,从事我感到乐在其中的消遣确系大大的明智之举,甚至是种大大的美德:这是不让任何报复或仇恨的种子在我心中萌发的一种办法;而像我这样的苦命,要对任何消遣产生爱好,

---

① 穆雷是瑞典博物学家,是林内的著作《自然分类法》一书的出版人,并为该书用拉丁文写了以《植物界》为题的引言。

确实需要心中没有半点怒气才行。这也是我向迫害我的人进行报复的一种办法：我唯有不顾他们的迫害而自得其乐，才能给他们最严厉的惩罚。

毫无疑问，理性容许我，甚至要求我顺乎那吸引着我且任何事物也无法阻止我遵从的习性办事；然而理性并没有告诉我这个习性为什么会吸引我，也没有告诉我从这种无利可图也不会有什么进展的学习中能得到什么乐趣，特别是我现在年事已高，说话也已颠三倒四，身体衰弱，行动迟钝，头脑既不灵活，记忆也已衰退，却还要来搞这年轻人的营生、小学生的课业。我倒真想知道这种怪事从何而来。我想，要是把这一点搞清了，它将启发我加深对自己的认识。我在有生之年所要致力的正是这种对自己的认识。

我也曾经进行思考，有时相当深入，但很少感到乐趣，几乎总是出于无奈，迫不得已：

遐想使我的疲劳得以消除，使我得到消遣，而思考则使我精疲力竭，愁肠百结；对我来说，思考总是件毫无魅力可言的苦差事。有时，我的遐想最终转为默想，但更多的时候则是默想转为遐想；在这样的神游之中，我的心乘想象之翼在宇宙间徜徉翱翔，欣喜若狂，其乐无穷。

当我能尝到这种纯真的乐趣时，我总觉得其他任何工作都是索然乏味。但当我一旦被莫名其妙的冲动所驱使而投身于文学事业时，我马上就感到冥思苦想的劳累，感到那不幸的名声的可厌，同时也感到那甜蜜的遐想竟也变得一无生气，冷漠乏味了；不久我就被迫去维持我那倒霉的地位，结果五十年间曾替代了名缰利锁，使我仅费一点时间就能在闲暇之中成为世间最幸福的人的那种心旷神怡的境界，就很少能重新尝到了。

我在遐想时甚至担心，我的想象力是否会在厄运的威慑之下去想这方面的事，担心那萦绕心头的痛苦之情会把我的心揪得越来越紧，终将把我彻底压垮。在这种情况下，我那促使我驱避任何愁思的本能终于强使我的想象力停止活动，把我的注意力集中在身边的事物之上，使我第一次观察自然景色的局部，而在这以前，我只是大致注视过它的整体。

　　大树、灌木、花草是大地的饰物和衣装。再也没有比只有石子、烂泥、沙土的光秃秃的田野更悲惨凄凉的了。而当大地在大自然的吹拂下获得勃勃生机，在潺潺流水和悦耳的鸟鸣声中蒙上了新娘的披纱，它就通过动物、植物、矿物三界的和谐，向人们呈现出一派充满生机、兴趣盎然、魅力无比的景象——这是我们的眼睛百看不厌、我们的心百思不厌的唯一的景象。

　　沉思者的心灵越是敏感，他就越加投身于这一和谐在他心头激起的心旷神怡的境界之中。甘美深沉的遐想吸引了他的感官，他陶醉于广漠的天地之间，感到自己已同天地融为一体。这时,他对所有具体的事物也就视而不见。要使他能对他努力拥抱的天地的细节进行观察,那就得有某种特定的条件来限制他的思想,控制他的想象。

当我的心受到痛苦的压抑,集中全部思绪来保持那随时都会在日益加深的沮丧中挥发熄灭掉的一点余热时,自然就会产生这一状况。这时我就无精打采地在树林和山岭之间徘徊,不敢动脑思想,唯恐勾起我的愁绪。我既不愿把我的想象力使在痛苦的所见之物①上,就只好让我的感官沉湎于周围事物的轻快甘美的印象之中。我左顾右盼,周围的事物是那么多种多样,难免总有一些会吸引我的目光,使我久久凝视。

我对这种观赏产生了兴趣;在厄运之中,这种观赏使我的精神得到歇息、得到消遣,使我把痛苦一时忘怀。所见之物的性质大大有助

---

① 指一路所见的景物也许能勾起他的愁绪。

于这种消遣,使它更加迷人。芬芳的气味、绚丽的色彩、最优美的形态仿佛各不相让,争相吸引我的注意。你只要对此感到有乐趣,就能产生甜蜜的感觉;如果说并非所有的人面对这种景象都能达到那种境界,那是因为有的人缺少天然的敏感,而另外大多数人则是因为心有旁骛,对投进他们感官的事物只是蜻蜓点水似的看上一眼之故。

还有一件事使趣味高尚的人对植物不加注意:那就是有人把植物仅看成是药物的来源这样一种习惯。提奥夫拉斯特[①]就不是这样,这位哲学家可说是古代唯一的一位植物学家,因此,他几乎不为我们所知,而由于一位名叫狄奥斯克里德[②]的伟大的药方收集家,由于他的著作

---

① 提奥夫拉斯特,公元前三世纪希腊哲学家,是柏拉图和亚里士多德的学生,著有《植物研究》等书。

② 狄奥斯克里德,公元前一世纪希腊人,著有《论药物》,此书为希腊人、拉丁人和阿拉伯人广泛引用。

的注释者们，医学就霸占了整个植物领域，植物也就都成了药草，结果使得人们在植物身上所见到的都是它们身上根本见不到的东西——这就是说，他们所见到的仅仅是张三李四任意赋予它们的所谓药性。他们就不能设想，植物的组织本身就有值得我们注意的地方；那些一辈子摆弄研钵的人瞧不起植物学，说什么研究植物而不研究植物的功用就一无用处，也就是说，如果你不放弃对自然的观察，不一心一意去接受人们的权威教导，那就一无用处。其实，大自然是从不我欺的，也从没有讲过那样的话，而人却是爱撒谎的，他们硬要我们去信他们的话——这些话又时常是从别人那里搬来的。你要是在被鲜花装饰得五彩缤纷的草地上停下来把各种花一一观察一番，你身旁的人就会把你当成江湖郎中，问你讨药草治孩子的瘙痒、成人的疥疮、骡马的鼻疽。

这种可恶的偏见在别的国家，特别是在英

国，已部分消除了。这应该归功于林内，他把植物学从各派药物学中解救出来，让它重新回到博物之中，回到经济效用之中。而在法国，植物学的研究在上流社会人士中还如此有欠深入，人们依然如此无知，以致有位巴黎的才子，当他在伦敦一个观赏植物园中看到那么多奇花异卉时，居然大声赞道："多美的药草园哪！"如此说来，最早的药草师该是亚当了。因为，我们很难设想还有哪个园子比伊甸园①的各类植物更齐备的了。

这种把什么植物都看成是药草的观点显然不会使植物学的研究饶有兴趣；然而这种观点却使花草的绚丽色彩变得暗淡无光，使树林的清新气氛变得枯燥乏味，使绿色的田野和浓密的林荫变得情趣全无，令人生厌。所有这些美妙动人的形象，那些只知道用研钵舂捣的人是

---

① 《圣经》中上帝安排给人类始祖亚当和夏娃居住的园子。园内果木繁茂，景色优美。

不会感兴趣的,而人们也就不会在调制灌肠剂的花草中去搜寻为牧羊女编织花冠的材料了。

这一套药物学却不能玷污田野在我心中留下的形象;什么汤剂,什么膏药,都跟我这些形象相去十万八千里。当我过细地观察田野、果园、林中的花木时,我倒时常想,植物界是大自然赐给人类和动物的食物仓库。但我从没有想到要在这里去找什么药物。在大自然这些多种多样的产物中,我看不出有什么东西表明它们有这样的用途;如果大自然规定了它们有这样的用途的话,它就会像告诉我们怎样去挑选可食用的植物一样,告诉我们怎样去挑选可供药用的植物。我甚至感到,当我在林中漫步时,如果想到什么炎症,什么结石,什么痛风,什么癫痫,那么我的乐趣就会遭到这些疾病的败坏。再说,我也并不否认人们赋予植物的那些奇效;我只是说,如果这些奇效果然如此,那么让病人久病不愈,岂不就纯粹是恶作剧了?在人们所患的种种疾病中,哪一种不是有二十来种药草可以根治的呢?

把什么都跟物质利益联系起来,到处都寻求好处或药物,而在身体健康时对大自然就无动于衷,这种思想从来就和我格格不入。我觉得我在这一点上与众不同:凡是跟我的需要有关的东西都能勾起我的愁肠,败坏我的思绪;我从来都只在把肉体的利益抛到九霄云外时才能体会到思维之乐的真正魅力。所以,即使我相信医学,即使药物可爱,如果要我去搞,我也绝不会得到纯粹的、摆脱功利的沉思所能提供的乐趣;只要我感到我的心受到我的躯壳的束缚,它就不会激昂起来,就不会翱翔于天地之间。此外,我虽从没有对医药有多大的信赖,但对我所尊敬、我所爱戴,把我的躯壳交给他们全权支配的医生却是有过充分的信任的。十五年的经验使我吃一堑长一智;现在我仅仅听从大自然法则的支配,结果却恢复了健康,即使医生们对我没有什么别的可抱怨之处,单凭这一点,他们对我的仇恨,又有谁会感到奇怪呢?他们医术虚妄,治疗无效,我就是一个活生生的明证。

不,任何与个人有关的事,任何与我肉体的利害有关的事,都不会在我心中占据真正的地位。只有当我处于忘我的境界时,我的沉思、我的遐想才最为甜美。当我跟天地万物融为一体,当我跟整个自然打成一片时,我感到心醉神迷,欣喜若狂,非言语所能形容。当人们还是我的兄弟时,我也曾有过种种关于人间幸福的盘算;由于这些盘算牵涉一切因素,我只能在大家都幸福时才感到幸福,而直到我看到我的兄弟们一心在我的痛苦中寻求他们的幸福之前,我从没有起过要什么个人幸福的念头。那时,为了不去恨他们,我就只好躲开他们;我逃到所有人的共同母亲身边,躲在她的怀抱中避免受到她的孩子们的袭击;就这样我就变得离群索居,或者像他们所说的那样,变得不齿于人类,变得愤世嫉俗;我觉得最孤寂的离群索居也比和那些心地邪恶的人交往强些,这些人全都是靠叛卖和仇恨过日子的。

我被迫不动脑子思想,唯恐不由自主地想到我的不幸;我被迫抑制我那残存的乐观的然而已经衰退的想象力,因为这么多揪心的事终将把它惊退;我被迫把那些对我倍加凌辱的人忘怀,唯恐愤怒之情激起我对他们的愤恨;然而我却不能一心一意只去想自己的事情,因为我那外向的心灵总是爱把自己的情感推而及于他人;同时我也不能再像过去那样莽莽撞撞地投进这广阔无垠的大自然的海洋中,因为我的各种智能已经衰退松弛,再也找不到相当明确、固定而又力所能及的事物可以用作运用的对象,同时我也感到已经没有足够的精力在我从前为之欣喜若狂的混沌世界中纵横驰骋了。我已经差不多没有思想,只有感觉,而且我那智力活动的范围也已超不出我身边的事物了。

我逃避世人,寻求孤寂,不再从事想象,更少去进行思维,然而我却天生具有一种活跃的气质,不能无所事事,因此开始对周围的一切事物产生了兴趣,并由一种十分自然的本能,更加偏爱最能给人以快意的事物。矿物界本身并没有什么可爱而又吸引人的东西;它的宝藏深埋于大地的胸怀之中,仿佛是要躲避人们的耳目,免得引起他们的贪婪之心。它们是一种储备,当人心越来越败坏,对比较容易到手的真正的财富失去兴趣时,它们可以作为一种补充。那时,他们就不得不借助于技艺、劳动和辛劳来摆脱他们的贫困;他们挖掘大地的深处,冒着牺牲健康和生命的危险,到它的中心去探寻虚幻的财富,却把当他们懂得享受时大地向他们提供的真正财富撇在一边;他们避开他们已不配正视的阳光和白昼,把自己活活深埋在地下,因为他们已不配在阳光下生活。在地下,矿坑、深井、熔炉、锻炉、铁砧、铁锤、烟雾、火焰代替了田间劳作的甘美形象。在矿井有毒气体中受尽熬煎的可怜的人们、浑身漆黑的熔铁匠、从事可怕的笨重劳动的苦力、他们瘦削苍白的脸——这就是采矿设备在地底造成的景象,它替代了地面上青翠的田野、盛开的鲜花、蔚蓝的天空、相恋的牧羊人和牧羊女、健壮有力的劳动人民。

出去找点沙子和石头,装满衣兜和工作室,从而摆出一副博物学家的派头,这是容易的;然而那些一心一意热衷于这种收藏的人,通常都是些无知的阔佬,他们所追求的无非是摆摆门面的乐趣而已。要从矿物的研究中得益,那就必须当化学家和物理学家;那就必须进行一些费力费钱的实验,在实验室里工作,时常冒着生命危险而且经常是在有损健康的条件下,在煤炭、坩埚、炉子、曲颈瓶间,在令人窒息的烟雾和蒸汽中耗费很多金钱、很多时间。从这凄惨而累人的劳作中所得的经常是虚妄的骄傲多于真正的知识；又有哪个最平庸的化学家不是纯粹出于偶然而发现一点他那一行的微不足道的门道，就自以为窥透了大自然的全部奥秘呢？

动物界比较容易为我们所掌握，显然也更值得我们研究；然而这种研究毕竟也有着许多困难、麻烦、可憎之处和费劲的地方。特别是对一个孤独的人来说，无论是在消遣还是工作之中，他都不可能指望得到任何人的援助，怎么能观察、解剖、研究、认识空中的鸟儿、水中的鱼类，以及那比风更轻快、比人更强大的走兽？它们既不愿送上我的门来让我研究，我也没有力量去追上它们，让它们乖乖就范。这样，我也只能搞点蜗牛、虫子、苍蝇的研究；我这一辈子就只好气喘吁吁地去追逐蝴蝶，去把昆虫钉在标本盒里，去把碰巧逮着的老鼠、碰巧捡到的死动物解剖解剖了。要是没有解剖学的知识，对动物的研究也就等于零；正是通过解剖学，我们才学会把动物进行分类，确定它们的类属。要通过动物的习性对它们进行研究，那就得有大鸟笼、鱼池、动物园，那就得想方设法强制它们聚在我的身边，我却既没有兴趣，也没有办法把它们囚禁起来，而当它们自由自在时，我的身子又没有那么灵巧，能跟在它们后面奔跑。这样一来，我就只好等到它们死了以后再进行研究，把它们撕裂肢解，不慌不忙地在它们还在抽动的脏腑中去探索了！解剖室是何等可怕的地方！那里尽是发臭的尸体、鲜血淋漓的肉、腥污的血、令人恶心的肠子、吓人的骨骼，还有那臭不可闻的水汽！说实话，让-雅克·卢梭是决不会上那儿去找什么消遣的。

烂漫的鲜花、五彩缤纷的草地、清凉的树荫、潺潺的溪水、幽静的树丛、青翠的草木，请你们来把被那些可憎的东西玷污了的我的想象力净化净化吧！我的心灵对那些重大问题已经死寂了，现在只能被感官还可感受的事物所感动；我现在只有感觉了，痛苦和乐趣也只有通过感觉才能及之于我。我被身边令人愉快的事物所吸引，对它们进行观察、思考、比较，终于学会了怎样把它们分类，就这样，我突然也成了一个植物学家，成了一个只是为了不断取得热爱自然的新的理由而研究大自然的这么一个植物学家。

我根本不想学什么东西：这为时已经太晚了。再说，我也从没有见过学问多了会对生活中的幸福有利的；我但求得到甘美简单的消遣，可以不费力地享受，可以排遣我的愁绪。我既不须什么花销，也不费什么气力，就可漫不经心地散步于花草之间，对它们进行考察，把它们的特性加以比较，发现它们之间的关系和差异，总之是观察植物的组织，以便领会这些有生命的机械的进程和活动，以便有时成功地探索出它们的普遍规律以及它们各种结构形成的原理和目的，同时也可怀着感激之情，叹赏使我得以享受这一切的那只巨掌。

跟天空的群星一样，植物仿佛被广泛播种在地面上，为的是通过乐趣和好奇这两种引力，吸引人们去研究自然。星体离我们太远，我们必须有初步的知识，有仪器，有机械，有长而又长的梯子才能够得着它们，才能使它们进入我们的掌握之中。植物却极其自然地就在我们的掌握之内。它们可说是就长在我们脚下，长在我们手中；它们的主要部分由于形体过小而有时为我们的肉眼所不见，然而所需的仪器在使用时却比天文仪器简单得多。植物学适合一个无所事事而又疏懒成性的孤独的人去研究：要观察植物，一根针和一个放大镜就是他所需的全部工具。他自由自在地漫步于花草之间；饶有兴趣、怀着好奇之心去观察每一朵花，而一旦开始掌握它们的结构的规律，他在观察时就能尝到不费劲就可到手的乐趣，而这种乐趣跟费尽九牛二虎之力才取得的同样强烈。这种悠闲的工作有着一种人们只在摆脱一切激情、心平气和时才能感到的魅力,然而只要有了这种魅力,我们的生活就能变得幸福和甜蜜;不过,一旦我们为了要担任某一职务或写什么著作而掺进了利害或虚荣的动机,一旦我们只为教别人而学习,为了要当著作家或教员而采集标本,那么这种温馨的魅力马上就化为乌有,我们就只把植物看成是我们激情的工具,在研究中就得不到任何真正的乐趣,就不再是求知而是卖弄自己的知识,就会把树林看成是上流社会的舞台,一心只想博得人们的青睐;要不然就是一种局限在研究室或小园子里的植物学,却不去观察大自然中的树木花草,一心只搞什么体系和方法,而这些都是永远争吵不清的问题,既不会使我们多发现一种植物,也不会使我们对博物学和植物界增长什么知识。正是在这方面,竞相追求名声的欲望在植物学的著作者中激起了仇恨和妒忌，跟其他各界的科学家如出一辙，甚至有过之而无不及。他们把这项愉快的研究加以歪曲，把它搬到城市和学院中去进行，这就跟栽在观赏园中的外国植物一样，总不免要蜕化变质。

一种完全不同的心情却使我把这项研究看成是种嗜好，来填补我已不再存在的种种嗜好所留下的空白。我翻山越岭，深入幽谷树林之中，尽可能不去回忆众人，尽可能躲避坏心肠的人对我的伤害。我似乎觉得，在森林的浓荫之下，我就被别人遗忘了，就自由了，就可以太平无事，好像已没什么敌人了；我又似乎觉得，林中的叶丛使我不去想他们对我的伤害，多半也该能使我免于他们的伤害；我也傻里傻气地设想，只要我不去想起他们，他们也就不会想起我了。我从这个幻想中尝到了如此甜蜜的滋味，如果我的处境、我那软弱的性格和我生活的需求许可我这样做的话，我是会全身心地沉溺在这一幻想之中的。我的生活越是孤寂，我就越需要有点什么东西来填补空虚，而我的想象力和我的记忆力不愿去设想、不愿去追忆的东西，就被不受人力强制的大自然，那到处都投入我视线中的自发的产物所替代。到荒无人烟的所在去搜索新的植物，这种乐趣能和摆脱迫害我的人的那种乐趣相交织；到了见不到人迹之处，我就可以更自由自在地呼吸，仿佛是进入了他们的仇恨鞭长莫及的一个掩蔽之所。

有一次采集是我这一生永远也忘不了的，那是在法官克莱克的产业罗贝拉田庄①那里。那一天，我只身一人深入山间的幽谷，我从一个树林走进另一个树林，跨过一块又一块岩石，最后到了一个如此隐蔽的所在，我一生中从没见过比这更荒凉的景色。那里长着一片黑松和山毛榉，很多树木由于年代久远而倒下，纵横

---

① 在纳沙泰尔邦的特拉维尔山谷中的莫蒂埃村附近。

交错地堆积在地面,形成一道道无法逾越的路障,这黑压压的一片也还留下少数空隙,那都是些悬崖峭壁,我是只有趴在地上才敢正眼往下看上一眼的。鸱鸮、猫头鹰、白尾鹫不时从山洞里传来几声尖叫,幸而还有几只比较常见的小鸟使这寂静中的恐怖气氛得以稍减。正是在那里,我发现了带锯齿根的七叶石芥花、仙客来、鸟巢花、拉泽花[①],还有另外一些花草,使我很久很久为之欣喜若狂;而周围的景物在我身上产生了如此强烈的印象,我竟不知不觉地忘了植物学和花草,在如茵的石松和苔藓上坐了下来,纵情遐想起来了;我想这是宇宙天地间无人知晓的一个隐遁之所,我的迫害者是不会把我发现的。一种骄傲之感油然而生,渗进了我的遐想。我把自己比作是发现了什么荒岛的游历家,扬扬自得地思忖:我无疑是天下深入此境的第一人了。我几乎把自己看成是另

[①] 学名 laserpitium,在瑞士,俗名为 laser,中国不产,故按音译。——译者注

一个哥伦布。正当我美滋滋地想到这里时,忽然听见离我不远的地方发出咔嗒咔嗒的声音,我想我该没有听错;我再仔细谛听,又听到这样的声音,而且反复不已。这真是出乎我意料,我站起身来,透过茂密的荆棘,向声音传来的方向看去,就在离刚才我还自以为是旷古以来第一个来客的地方二十步远的峡谷里,发现有一座织袜厂。

当时我对这样一个发现感到的错综矛盾的激动心情,真是难以言语形容。我的第一个反应是高兴,为在刚才自以为是孑然一身的地方重见人迹而高兴;但是这个反应却消失得比闪电还快,马上就让位于难以摆脱的痛苦之感,原来即使是在阿尔卑斯山的洞穴里,我也难逃一心一意要折磨我的人的魔掌。我当时深信,在这厂子里,没有参加过以蒙莫朗牧师[①]为首的

---

① 1762年7月,卢梭逃亡至莫蒂埃村。1765年9月,住宅被砸,再度出走。卢梭怀疑是当地牧师蒙莫朗在幕后煽动的。

阴谋的人，恐怕连两个也数不出来。我赶紧把这阴郁的念头驱走，不免为我幼稚的虚荣心以及遭到的惩罚的那种滑稽可笑的方式暗自好笑。

不过，说真的，谁又能料到在一个绝壁之下会发现什么工厂！世上只有在瑞士这个地方，才能看到粗犷的自然和人们的技艺这两方面的结合。整个瑞士也可说是一座大城市，街道比圣安东尼街①还宽还长，两旁长着森林，耸立着山岭，房屋零星散布，相互之间都有英国式的庭园相沟通。讲到这里，我又想起前些日子迪·佩鲁、德谢尼、皮里上校、克莱克法官跟我一起进行的一次标本采集。那是在夏斯隆山，站在那山顶上可以看到七个湖。②有人对我们说，那山上只有一所房子，要是他们不告诉我们说

---

① 在巴黎第四区，自圣保罗教堂直通巴士底广场。

② 卢梭记忆有误。能看到七个湖的山不是夏斯隆山（le Chasseron），而是夏斯拉尔山（le Chasseral）。两山都是在纳沙泰尔邦。关于此行，德谢尼在他的《杂记》（1811）中有所记载。——译者注

房主是个书商,而且在瑞士买卖亨通的话,我们是绝不会猜出他是何许人的①。我觉得像这一类的事,比游历家的一切记载都更能帮助我们取得对瑞士的正确的认识。

另外还有一件差不多同样性质的事,也有助于加深我们对和我们很不一样的人的认识。当我住在格勒诺布尔时②,我时常跟当地一位律师波维埃先生到城外采集植物标本,倒不是因为他喜欢植物学,也不是因为他精于此道,而只是因为他自告奋勇跟随在我的左右,只要有可能,就和我寸步不离。有一天,我们沿着伊泽尔河,在一块长满刺柳的地方散步。我看到这些矮树上的果子有些已经成熟,出于好奇,摘一些放到嘴里尝尝,觉得味道极佳,略微带酸,就吃将起来解渴;波维埃先生站在我身旁,

---

① 这里所说的书商并不住在山上,这又是卢梭记忆有误的一例。——译者注

② 指1768年7至8月。——译者注

既不学我的样,又一言不发。他有一个朋友突然来临,见我嚼这些果子,就对我说:"哎!先生,您这是在干什么呢?您不知道这果子有毒吗?""这果子有毒!"我吃惊地高叫。"当然了,谁都知道这东西有毒,本地人谁也不会尝一尝的。"我瞧着波维埃先生说:"那您为什么不早告诉我呢?""啊,先生!"他恭恭敬敬地答道,"我可不敢这等冒昧。"对多菲内省人的这种谦卑,我不禁笑了起来,可是还继续吃我的果子。我一向相信,现在依然相信,任何可口的天然产物都不会有碍身体,只要别吃得太多就是了。然而我现在还得承认,自那天后我还是多少加以注意,除了心里有点嘀咕外,后来倒还平安无事;我晚饭吃得很香,觉也比平常睡得更熟,虽然头天吃了十五六颗沙棘,第二天起来时却安然无恙。第二天,格勒诺布尔城里所有的人都对我说,这种果子稍为吃一点就会置人于死命。我觉得这件事是如此可笑,每当我想起来时，总不免对波维埃律师先生这种古怪的谨慎哑然失笑。

所有那些采集标本之行、植物所在地给我留下的各种印象、这些地方使我产生的想法、采集过程中穿插的那些趣事，所有这一切给我留下的印象，每当我看到在当地采到的标本时，都重新浮上我的脑际。这些美丽的景色，这些森林、湖泊、树丛、岩石、山岭，它们的景象一直都在激动着我的心，然而我却再也看不到了；不过我现在虽不能再回到这些可爱的地方去，但只要把标本册打开，它就会把我领回那里。我在那里收集到的标本足以使我回顾那美妙的景象。这标本册就是我的采集日记，它使我以新的喜悦重温往日的采集生活，也跟光学仪器一样把当年的景象再次呈现在我的眼前。

正是这些附带的想法所构成的链子使我对植物学产生依恋之情。它把使植物学显得更加可爱的一切思想都串联起来，唤起我的想象：

草地、河流、树林、荒凉,特别是寂静,还有在这一切之中感到的安宁,都通过这条链子不断地勾起我的回忆。它使我忘掉了人们对我的迫害,忘掉了他们的仇恨、他们的蔑视、他们的污辱,以及他们用来报答我对他们的诚挚温馨的感情的一切祸害。它把我带到安安静静的住处,带到从前跟我生活在一起的淳朴和善的人们之中。它使我回忆起我的童年,回忆起我那些无邪的乐趣,使我重新去回味它,也时常使我在世人从未遭到的悲惨的命运中尝到幸福。

漫步之八

当我把一生经历中各种境遇里的心情冷静地思考一番的时候,我发现我的命运是如此多变,而我在各种情况下的欢乐观和痛苦观同这些情况又是如此不相协调,这一发现给我留下极其深刻的印象。我有过短暂的得意幸运的时刻,它们却几乎没有给我留下任何深刻持久的愉快的回忆;与此相反,在我一生中的苦难日子里,我却总是满怀温馨、感人、甜美的感情,这些感情为我悲痛的心灵的创伤抹上香膏,仿佛将痛苦化为快感;现在留存在记忆中的就只有这样的感情,而当时受到的伤害也就忘得一干二净了。我觉得,当我的情感为我的命运所迫常在我的心中萦回而并不分散到那些不值得别人重视的人所珍惜的事上去时，并不分散到自以为幸福的人一意追求的事上去时，我就尝到了更多的生活的甜蜜，也就当真多活了一些岁月。

当我周围的一切都还正常的时候，当我对身边的一切，对我不得不生活在其间的环境感到满意的时候，我就把我的情感倾注在这一环境之中。我那感情外露的心灵向着别的事物，我总是被各式各样的爱好所吸引，各式各样的眷恋也不断地占据我的心，可说是使我忘记了自身的存在，使我整个地属于身外之物，同时使我在我心的不断激动之中尝尽了人事的变迁。这动荡不安的生活既不能使我心得到平静，也无法使躯体得到休息。从表面看来，我是幸福的，但我却没有哪一种感情可以经得起思考的考验，可以使我真正自得其乐。那时我无论对别人还是对自己都不能感到完全满意。上层社会的喧嚣使我头昏脑涨，孤寂又使我厌倦烦恼；我老是需要变换环境，而到处使我感到很不自在。然而我却到处都受人欢迎，博得好感，受到良好的接待，赢得大家的爱抚；我没有敌人，也没有谁对我怀有恶意，也没有人对我心怀嫉妒；人人都想为我效劳，我也时常得到为许多人效劳的乐趣，同时我虽然既无财产，又无职务，既无保护之人，又无为人所知的出类拔萃的才干，但却享受着同这一切联系在一起的利益，因此觉得处于任何地位中的任何人的命运都比不上我。我那时又因缺些什么而不幸呢？我现在也还不知道，但是我知道我那时并不幸福。

　　我今天又还缺了些什么才算是世间最不幸的人呢？那些人为了使我成为世间最不幸的人而费尽心机，然而毫无成效。我现在的处境虽然可悲，然而也不愿跟他们中最幸福的人换一换生活，换一换命运；我依然是宁处困厄之境而保持我的本色，也不愿像他们中的任何一个那样飞黄腾达。如今我孑然一身,确实只靠摄取我自身的养分生活,但我自身的养分是不会枯竭的;虽然我可说是在反复咀嚼乌有之物,虽然我的想象力在日渐衰退,思想的火花也已熄灭而不能再为我的心提供什么食物,然而我还是能自给自足。不过我的心已被我的器官遮蔽堵塞,日渐衰竭,同时在沉重的压力之下,无力再像从前那样挣脱它的躯壳了。

困厄迫使我们反躬自省,而也许正是由于需要下这番功夫,所以大多数人才觉得困境难熬。而我呢,我只有一些错误应引以自责,我谴责导致我犯错误的性格上的软弱,而我也终于得以自慰,因为我心上也从没起过蓄谋行恶的念头。

只要不是傻瓜,谁在念及我的处境时能有片刻忘掉它正如迫使我陷入这种境地的人所希望的那样可怕,谁又能不伤心绝望以致憔悴而死呢?然而我绝不这样,我虽是人间最易动感情的一个人,却能正视我的处境,丝毫不为所动;我既不挣扎,也不做任何努力,几乎是无动于衷地看着我自己处在任何人也许都不能不望而生畏的境地中。

我是怎么做到这一点的呢?当我对我早就陷入罗网而毫无觉察的那个阴谋开始有所怀疑的时候,我是根本没有这样平静的心境的。这个新发现使我为之震惊。那种无耻行径和叛变行为使我措手不及。哪一个正直的人能料到这样的痛苦?只有罪有应得的人才能预见到这些。我落入他们在我脚下设置的一个又一个的陷阱里去。愤慨、暴怒、狂热慑住了我:我真是不知所措了。我给搞得晕头转向,在他们不断为我布下的云里雾中看不见任何足以指引我的微光,找不到任何依靠,找不到任何落脚之处可以站稳脚跟,来抵御这拽着我不放的绝望心情。

处境这么可怕,怎能过幸福宁静的生活?然而我现在依然处在这样的境地中,甚至陷得更深,却得到了平静和安宁;我过着幸福而宁静的生活;我对迫害我的人在无休无止地给他们自己添增苦恼不免付之一笑,而我自己则保持内心的平静,一心扑在我的花、我的花蕊、我那些孩子气的玩意儿上,连想都不去想他们一下。

这个转变是怎样产生的?当然是在不知不觉之中,毫无痛苦地产生的。最初那阵惊讶确实可怕。我自觉是值得别人爱戴尊敬的,自信是理应受到敬重宠爱的,却在霎时间变成了空前未有的怪物。我眼看整整一代人都接受这荒唐的观点,不加解释,毫不怀疑,毫不感到羞耻,我怎么也猜不透这种奇怪的变化究竟从何而来。我猛烈挣扎,结果是越陷越深。我想迫使对我进行迫害的人跟我讲理,可是他们置之不理。在长期焦虑不安而毫无效果之后,我也不得不歇下来喘一口气。然而我还是心怀希望,心想这样愚蠢的轻信,这样荒谬的偏见总不会赢得全人类的赞同，总有有头脑的人会拒绝接受这种胡说八道，总有正直的人会鄙弃这种骗局和叛变行为。只要我去寻找，我也许终将找到这样一个人的，而只要我能找到这样一个人，他们就会被挫败。但是我的寻觅却归于失败，这样的人根本没有找到。这个联盟网罗了世间所有的人，无一例外，它也一成不变；我完全相信，我将在这可怕的放逐中了此一生，永远也窥不透它的秘密。

正是在这可悲的处境中，在长期焦虑不安之后，我得到的却不是似乎命该如此的绝望，而是安详、宁静、平和，甚至是幸福，因为我每一天的生活都使我愉快地想起前夕的生活，而我所希望于明天的也正是同样的日子。

这种变化从何而来？只有一个原因：那就是因为我学会了毫无怨艾地戴上必然加之于我的桎梏。那就是因为我过去还努力寻求万千依托，而这些依托却一个接着一个落空，使我陷于只能去求自己的地步，我就终于恢复了我的常态。尽管我现在受到四面八方的压力，却能保持平衡，因为我不再依附任何东西，而仅仅依靠我自己。

当我过去一个劲地对别人的见解提出抗议时，我还戴着别人的见解的桎梏而不自知。一个人总希望赢得他所尊敬的人的尊敬，当我对大家，至少是对一些人存有好感时，我对他们对我的评价就不能无动于衷。我那时看到，公众的判断时常是公正的，然而我看不到，这个公正本身却是偶然的产物，人的见解据以建立的法则仅仅来自他们的激情或他们的偏见，而他们的激情或偏见又是他们的见解的产物；即使他们作出正确的判断，这些正确的判断也时常是从错误的原则出发的，譬如当他们装模作样推崇某一个人在某项成就中的功绩时，他们不是出于公正之心，而是为自己摆出一副不偏不倚的神气，在别的问题上恣意诬蔑这同一个人。

然而，当我作了如此长期而无效的求索之后，发现他们都毫无例外地坚持由邪恶的思想创造出来的最不公正、最荒谬绝伦的体系时；当我发现他们在对待我时，脑子里没有半点理智，心里没有半点公道时；当我看到一代狂人都听任他们头头们盲目狂怒的支配，扑向从没对任何人使过坏，从不想使坏，也从没有以怨报怨过的一个不幸的人时；当我寻求一个公正的人而不可得，最后只好把灯笼吹灭，高叫一声"这样的人已经不复存在"时；我这才开始发现我在这世上是孤独一身，我明白我的同代人，对我来说，都是些机械，他们完全靠外力推动，我只能根据物体运动的法则来计算他们的行动。不论我假设他们心里有什么动机，有什么激情，它们都不能以我所能理解的方式来解释他们的所作所为。就这样，对我来说，他们的内心就不再具有什么意义。我在他们身上看到的只是一团团各以不同方式运动着的物质，在对待我时缺乏任何道德观念。

在落到我们头上的一切祸害中,我们看重的是动机而不是效果。一块瓦从屋顶掉下来给我们的伤害可能大些,但不比从带有恶意故意投来的一颗石子那么叫我们痛心。打击有时会落空,但动机却从不会达不到它的目的。在命运加于我们的打击中,物质的痛苦是我们最不敏感的;当不幸的人不知应该把他们的不幸归咎于谁的时候,他们就归咎于命运,把它加以人格化,说它有眼睛,有脑筋,有意来折磨他们。这就好比一个输急了的赌徒,他勃然大怒而不知该向谁发泄。他想象是命运故意来捉弄他,在找到这么一个泄恨的对象后他就对这个自己假想出来的敌人倾泻他的满腔怒火。明智的人把落到他头上的一切不幸都看成是盲目的必然性给他的打击,他就不会有这样缺乏理智的激动;他在痛苦时也叫喊,但不发脾气;他在所遭到的不幸中只感到物质上的打击,他所受的打击尽管可以伤害他的身体,可打不中他的心。

要做到这一点已经很不容易,但这还不是问题的全部。如果到此为止,那就是斩草而没有除根。这个根并不在别人身上,它就在我们自己身上,正是要在我们自己身上下功夫,才能把它除掉。这就是当我开始恢复常态时的一点深刻感受。当我竭力对我的遭遇作出种种解释时,我的理智告诉我这些解释都荒唐可笑,这时我就懂得,既然所有这一切的原因、手段、方式都为我所不知,也无法加以解释,那么,我就应该把它们看成是无所谓的;我应该把我的命运中的一切细节都看成是纯粹的定命的所作所为,应该把这定命假设为既无定向,又无意图,也无伦理的动机;我懂得我必须俯首听从,既不进行思考,也不出来对抗,因为这都毫无用处;我也懂得我在这世间应做的事就是把自己看成是个纯粹消极被动的人,绝不该把留给我忍受命运摆布的那点力量耗之于抗拒我的命运。我对自己这样说,我的理智和我的心也都一致表示同意,然而我依旧感到我的心还在嘟囔。这嘟囔从何而来?我探索,我终于找到了答案,原来它来自自负之心,它在对人们表示愤慨之后,又起来在对理性进行对抗。

这个发现并不像人们想象的那样容易得到,因为一个受迫害的无辜者总是长期把他那小我的骄傲看成对正义的热爱。而且这真正的源泉一旦被我们找到,也很容易枯竭,至少是很容易改变方向。自尊心是有自豪感的心灵的最大的动力;自负心则有丰富的幻想,可以把自己乔装打扮,使人误认为就是自尊;但当这个骗局终于被揭穿,自负之心无处藏身时,也就没有什么可怕的了,我们虽然难以把它扼杀,但至少比较容易把它加以遏制。

我从来不是一个具有强烈自负倾向的人。然而当我在上流社会中,特别是当我成了作家时，这种人为的感情却在我心中膨胀起来了；我那时的自负也许没有别人那么强，然而已经相当可观了。我身受的惨痛教训不久就把它驱回原来的疆域；它也就开始对不公正的事进行反抗，但是最后只以对这样的事表示蔑视而告终；通过自省，通过把那些使自负心变得苛刻的对外联系一刀两断，通过不再跟别人进行比较，我的自负心也就以自己能洁身自好为满足；那时，自负之心就重新成为自爱之心，回到了人性的正常轨道之中，把我从舆论的桎梏中解脱出来。

从此，我就重新取得了心灵的平和，甚至可说是至上的幸福。因为，不管我们处在怎样的处境中，我们之所以经常感到不幸，完全是自负之心在那里作祟。当自负之心不再流露而理性恢复发言权时，理性就会使我们不再为我们无力避免的一切不幸而感到痛苦。当不幸并不直接落到我们头上时，理性甚至还会把它消灭；因为那时我们可以确信，只要我们不去管它，它的最可怕的打击也是可以避免的。对于不去想不幸的人来说，不幸就算不了什么；对一个在所遭到的任何伤害中都只看到伤害本身而不去看别人的动机的人，对一个在自己心中自己的地位不受他人的毁誉影响的人，冒犯、报复、亏待、委屈和凌辱都算不了什么。不管人们对我有怎样的看法，他们改变不了我的存在，不管他们如何强大有力，不管他们施展什么阴谋诡计，也不管他们干些什么，我将不受他们的影响而保持我的本色。不错，他们对我的态度，对我当前的处境能产生影响。他们在他们与我之间设下的壁垒割断了我在有所需求的暮年的生活来源。但这个壁垒甚至也使金钱对我毫无用处，因为金钱并不能使我取得我所需要的服务；他们跟我既没有什么交往，也不互相帮助，连信也不通一封。我在他们之中是孑然一身，唯一的生活来源就是我自己，而在我这样的年纪,这样的处境,这点来源是十分菲薄的。困难不小,然而自从我学会怎样忍受以后,困难也就对我无能为力。真正感觉有所需求的时间总是很少的。远虑和想象使我们感到困难重重,也正是当我们老去处在远虑和想象时,我们才感到不安,感到不幸。对我来说,尽管我知道明天还要受苦,但只要我今天不受苦,我也就能心平气和了。我并不为来日将受的痛苦而担忧,我只为现在受到的痛苦而不安,这就使痛苦大为减轻了。我现在孤独一人,卧病在床,我可能贫病冻馁而死,而谁也不会为我难过。然而如果我自己也不难过,如果不管我的命运如何,我也像别人一样对它丝毫也不感到不安,别人难过不难过又有什么关系?在我这样的年纪学会了对生和死、疾病和健康、贫与富、毁与誉都同样漠然置之,难道不是件非同小可的大事吗?所有别的老人都爱杞人忧天,我却无忧无虑;不管会发生什么样的事,我对一切都无所谓，而这种无所谓并非是我智慧的产物，而是得之于我的敌人，这是对他们加之于我身的伤害的一种补偿。他们使我对困厄漠然置之，这比他们不对我进行攻击给我的好处还要多些。我要是不饱尝困厄，我就会老是怕它，而当我战胜它时，也就不再怕它了。

　　正是这种心理状态，使我在一生的逆境中，对什么都漫不经心，仿佛我过的是飞黄腾达的日子。除了一些短暂的时刻，我触景生情，回忆起我最痛苦的焦虑不安之外，其余的时间我都是出乎天性，沉溺于那随时都在吸引我的感情中，我的心经我生而好之的感情的哺育，使我和促使这些感情产生并与我同享这些感情的想象中的人物一起享受它们，就如同这些人物当真存在一样。这些人物是我创造出来的，对我来说，他们是确确实实存在的；我既不担心他们会把我出卖，也不担心他们会把我抛弃。只要我的不幸存在一天，他们就会存在一天，而只要有了他们，我也就能把我的不幸忘个一干二净。

　　天之生我是要我过幸福而甜蜜的生活，现在的一切都在把我引向这样的生活。我的生命的四分之三是这样度过：要不就是兴高采烈地把思想和感官寄托于富有教益，甚至是亲切可爱的事物之中；要不就是跟按我心意创造出来的幻想中的孩子们在一起，同他们的交往丰富了我的感情；要不就是和我自己在一起，自得其乐，充满了我认为理应得到的幸福之感。所有这些都是爱己之心的产物，自负之心是不起半点作用的。我有时还跟一些人在一起，而在这可悲的时刻里就不是这样，这时的我只是他们那奸诈友情、虚伪恭维、口蜜腹剑的玩物。在这种时刻，不管我采取的是什么措施，自负之心总是要起作用的。我透过他们拙劣的伪装看到他们心底的仇恨和敌意，这种仇恨和敌意撕裂了我的心，而当我想到我竟被他们看成是这么个傻瓜时,悲痛之外又添上了一分幼稚的气恼——这是愚蠢的自负心的产物,我感到它的愚蠢,然而难以克服。我作了难以置信的努力,为练就一种冷对这侮辱嘲讽的目光的本领。我成百次地走过公众散步的场所,人群稠密的地方,唯一的目的就是要通过这残酷的斗争磨炼自己。然而我不仅没有达到目的,甚至毫无进展,我所作的努力不仅痛苦而且毫无成效,我和从前一样易于激动、伤心、愤怒。

我这个人是受感官控制的,不管做什么,从来就拗不过感官印象的支配,只要一个对象作用于我的感官,我的感情就受它的影响;但是这影响跟产生它的感觉一样,都是稍纵即逝的。满怀仇恨的人一在场,我就深感不安;但只要他一走,印象也就立即消失;就在看不见他的那一瞬间,我也就不再去想他了。尽管我知道他不会把我放过,但我也不再去过问他了。凡是我目前感觉不到的痛苦我就怎么也不会为之不安;不在我眼前的迫害者我也就不在乎了。我这种立场给那些支配我命运的人带来的好处,我是觉察到的。让他们爱怎么支配就怎么支配我的命运吧。我宁可毫无反抗地听任他们折磨我,也不愿为避免他们的打击而不得不想起他们。

我的感官对我的感情的这种支配是造成我一生中苦难的唯一原因。当我在看不见任何人的时候,我就不去想我的命运,就没有什么命运的感觉,也就不为所苦,我就幸福,就满意,既无任何分心,也无任何障碍。然而有些感官可以觉察出来的伤害我还是很难躲过的;在我最料想不到时,只要我见到一道阴森的目光或一个不祥的手势,听见一句恶毒的话,碰到一个心怀敌意的人,我就不知所措。在这种情况下,我只能赶紧把它忘了,赶紧逃走。使我产生这种印象的对象一消失,等我孤独一人时,我马上就又恢复平静。我这时如果说还有什么不安的话，那就是担心在路上再碰见使我痛心的东西。这是我唯一感到伤心的事，只要有这样的事，就能把我的幸福破坏。我现在住在巴黎城里，当我走出家门，我就渴望见到乡村和寂静，但我得走出很远才能自由自在地呼吸，而在路上会碰见万千使我揪心的东西，在找到我寻求的掩蔽所之前，半天工夫就在焦虑不安中过去了。要是能平安无事地走完这段路程，那就算是万幸。终于摆脱这些恶人的那个时刻是甜蜜的，等到我坐到树荫之下，绿荫之间，我就认为是到了人间的天堂，我心中尝到如此强烈的愉悦，仿佛自己是世上最幸福的一个人。

　　我清楚地记得，当我在那短暂的得意的日子里，今天是如此甘美的单独漫步，那时却是那么乏味和无聊。那时，当我住在乡间友人家中时，我时常需要独自出去活动活动，呼吸点新鲜空气，我像一个小偷那样偷偷摸摸地逃出去，到公园或田野里去散散步。然而我根本得不到我今天在田野中饱尝的宁静，那时我满脑子都是沙龙里那些毫无意义的思想，所以一心怀念着以往在乡间的生活。那时我虽只身独处，然而自负心的迷雾和上流社会的喧嚣使得林间的清新景象在我眼中也变得暗淡无光，扰乱了隐遁生活的宁静。我逃到树林深处也是无济于事，讨厌的人群到处都紧随不舍，使我看不到完整的自然。只是在我对社交生活不再有任何热情以及摆脱了它那可悲的人群以后，我才重新发现大自然的全部魅力。

当我确信已无法遏制这无意识的最初冲动时，我就不再费劲去加以遏制。在每次发作时，我就让我的热血去沸腾，让怒气和愤慨去控制我的全部感官；我就听其自然，反正这阵爆发是我无力制止或推迟的。我只在这阵爆发还没有产生任何后果前竭力阻止它继续发展下去。两眼炯炯、满脸发烧、四肢颤抖、心跳怦怦，这些都是生理现象，跟理性是毫不相干的。

在最初这阵发作听其自然地过去以后，人们是可以清醒过来，恢复自制能力的，但我却长时期作过这种努力而一无成效，只是到最后才取得较好的效果；我不再使出全力来作徒然的反抗，而等待着我的理性奋起而取得胜利的那一时刻，因为理性只在我听得进它所说的话时才会和我对话。唉！我刚才说了些什么傻话！我的理性？我要是去把胜利的光荣归之于我的理性，那就是大错特错了，因为这里几乎没有理性的什么份：一切全都得自我那反复无常的气质，当风暴起时就激动异常，而风一住就立即归于平静；把我煽动起来的是我那易于激动的本性，使我平息下来的是我那懒散的本性。我听凭所有一时冲动的支配，任何冲击都会使我产生强烈而短促的反应，但冲击一旦消失，反应立即中止，传递到心中的一切都不会持续下去。命运的安排、人们的计谋，对这样一种气质的人是没有多大办法的。要使我永远陷于痛苦之中,那就得每时每刻都给我新的痛苦的感受,因为只要有一刻的间歇,不管它是怎样短暂,我也会恢复我的本性。只要人们能影响我的感官,我就会是个合乎他们心意的人,而只要这影响稍有停歇,我马上就重新恢复大自然所要我做的那样一个人;不管他们怎样行事,这是我最经常的常态,也正是通过这种常态,不管命运如何,我尝到我认为是生来就该尝到的幸福。这种状态,我在另一篇遐想里已经描写过了。这种状态是如此合我心意,我别无所求,但愿它能继续下去,唯恐遭到扰乱。人们过去加之于我身的伤害,我现在丝毫也不为所动;对他们还可能加之于我身的伤害的担心是会使我心神不安的;但是,我确信他们已要不出什么新花招来使我永远感到不安,我对他们的阴谋策划嗤之以鼻,照样自得其乐。

漫步之九

幸福是一种上天似乎并没为世人安排的永久的状态。在人世间,一切都在不停地流动,任何东西都不可能具有不变的形式。我们周围的一切都在变化。我们自己也在变化,谁也不敢说他今天所爱的东西明天还继续爱。因此,我们今生争取至上幸福的一切盘算都是空想。还是让我们在我们心满意足时就尽情享受,竭力避免由于我们的差错而把这份满足的心情驱走;千万别打算把它拴住,因为这样的打算纯属痴心妄想。我很少见过幸福的人,这样的人甚至根本就没有,不过我时常看到心满意足的人,而在所有曾使我产生强烈印象的东西中,这满足的心情是最使我满意的东西了。我想这是我的感觉对我的内心情感的支配所产生的必然结果。幸福并没有挂上一块招牌，要认识它，就得到幸福的人的内心中去寻求，但心满意足的情绪是可以在眼神、举止、口吻、步伐中看得出来的，它仿佛还能感染到这种情绪的人。当你看到一大群人在节日尽情欢乐，所有的人都心花怒放，流露出那穿透生活阴霾的喜悦时，难道还有什么比这更甘美的享受吗？

三天前，P先生[①]来看我，以异常的殷勤让我看达朗贝先生的《乔弗朗夫人颂》[②]。还没有读，他就说这篇文章里充满滑稽可笑的新词，是篇逗乐的文字游戏，不禁哈哈大笑起来。他在朗读时，还是一个劲地笑个不停。我一本正

---

① 据说系日内瓦人皮埃尔·普雷伏，他在卢梭在世的最后一年半时间内常去看他，卢梭并将部分手稿托付给他。

② 达朗贝、狄德罗、摩莱里等人经常在乔弗朗夫人家的沙龙中聚会。

经地听着,他见我并不学他的样,终于不再笑了。文章里最长,也最下功夫的那一段讲的是乔弗朗夫人在见到孩子、逗他们谈话时的那份乐趣。作者正确地把这种心情说成是心地善良的一种表现。然而他并不以此为满足,却斩钉截铁地把所有没有这种兴趣的人都横加指责,说他们心地邪恶,甚至声称,如果我们问一问被送上绞刑架或受磔刑的人,他们全都会承认他们从没有爱过孩子。这样的说法,放在这样的地方,就产生了奇特的效果。就算这说法言之有理,难道该在这种场合提出来吗?难道必须用酷刑和歹徒的形象来玷污对一个可敬的妇女的颂词吗?我不难看出这种别有用心的装模作样的动机所在。等到P先生把文章念完,我就指出颂词中哪些地方是我认为写得好的,然后补充道,作者在写这篇文章时,他心里是仇恨多于友情的。

第二天虽然寒冷,但天气相当好,我就出

去散步,一直走到军官学校,想到那里看看长得正茂盛的苔藓。在路上走着时,我就琢磨前一天的那次来访和达朗贝先生的作品,心想硬塞进去的那段插曲绝非无缘无故,而他们什么都瞒着我,却装模作样地把这小册子送给我看,这就足以暴露他们的目的所在。我把我的几个孩子送进育婴堂,单凭这点就足以把我说成是个不近人情的父亲,再推而广之,他们就一步一步地得出一个必然的结论,说我仇视孩子;当我一步一步地追踪他们的推理时,我不禁赞叹人的头脑居然能以如此高明的手段来混淆黑白,颠倒是非。我从来没见过哪个人比我更爱看娃娃们在一起嬉笑玩耍的了;我时常在街上或在散步时停下来看他们游戏打闹,那兴致之高是谁也不能比拟的。就在 P 先生那天来访前的一小时,我的房东苏斯瓦家两个最小的孩子就到过我那里,大的那个大概只有七岁。他们真心实意地前来和我拥抱,我对他们的亲热是如此满怀深情，以致我们的年龄虽然如此悬殊，他们却都心甘情愿地和我待在一起；而当我看到他们并不讨厌我那满是皱纹的老脸时，我也是欣喜异常。小的那个看来是如此乐意到我身边，以至我比他显得更孩子气，对他更为偏爱，看到他回家时我就更加恋恋不舍，仿佛他是我亲生的孩子一样。

我也理解，把我将孩子送进育婴堂这个指责稍加变化，就很容易演化成指责我是不近人情的父亲，指责我仇视孩子。然而不容分辩的是，我之所以采取这一步骤，主要是怕他们不如此就会有一种几乎不可避免的坏上千百倍的命运。我无法亲自教养他们，而如果我对他们的前途不那么关心的话，在我当时的处境，就只好让他们的母亲去教养他们。那她就会把他们宠坏，或是把他们交给他们的舅家人，那他们就会把孩子们培养成为十恶不赦的大坏蛋。想到这里，现在我都不禁不寒而栗。穆罕默德对赛伊德①的所作所为与他们可能在我孩子们身上作出的事相比,显然是微不足道的了。他们后来为我设下的种种陷阱充分证实他们当初是有这样的打算的。说实话,我当时根本想不到会有这样恶毒的阴谋诡计,但是我知道,育婴堂的教育对他们的危险性最小,因此我把他们送去了。如果今天还出现这种情况,我还要这样处理,而且疑虑会更少些;我清楚地知道,只要我稍微养成那么点习惯来发展我的天性,那么,哪个当父亲的也不会比我对我的孩子们更加慈祥体贴。

我对人心的认识之所以能有进展,那是得之于我在观察孩子时的那份乐趣。这同一乐趣在我年轻时却阻碍我对人心的认识,因为我那时和孩子们玩得那么开心,那么舒畅,就不大

---

① 见伏尔泰的悲剧《穆罕默德》。赛伊德是穆罕默德的养子,穆罕默德爱上了他的妻子,强迫赛伊德与她离婚,把她让给他。

想到去研究他们了。而当我日益衰老,眼看我这张满是皱纹的老脸会叫他们害怕时,我就避免去打扰他们:我宁可剥夺我自己的乐趣,也不愿破坏他们的欢乐;我就仅仅以看着他们游戏和玩耍而感到满足,可是我也从我的牺牲中得到补偿,从这样的观察中取得了关于人性的最初和最真实的活动的知识,而这是我们的学者们根本不懂的。我进行这项研究下了这么大的功夫,在进行时不可能不兴趣盎然,这从我的作品中可以得到证明。要说《爱洛伊丝》和《爱弥儿》出于一个不爱孩子的人之手,那未免是世上最荒唐的事情了。

我从来都是既乏机智,又无口才;而自从遭到不幸以来,我的舌头和脑子就越来越不灵活了。思想迟钝,也找不到确切的词语来表达,而在和孩子们谈话时,却最需要对自己所用的词语斟酌选择。对我来说,这种为难还多了一层,那就是听众的注意,以及他们对我所说的一切所加的解释和给予的分量。我既然专门为儿童写了几部书,对他们讲的每句话自然就被认为是神谕了。这种极度的困惑,加上我的无能,使得我局促不安,张皇失措,我在随便哪个亚洲帝王面前也会比在逗娃娃说话时自在得多。

还有另外一个不利条件使我现在同他们更加疏远。自从遭到不幸以来,我在看见他们时,兴趣虽然依然如故,但是跟他们在一起就不是那么亲切了。孩子们是不喜欢老人的。在他们眼里,龙钟老态是丑恶的。他们那种厌恶之情使我心中难过,我宁可不去抚爱他们,也不愿让他们感到拘束或产生反感。我这样的动机只能在真正富有深情的心上才能得到反应,我们那些男女学者们是根本不把它放在眼里的。乔弗朗夫人对孩子们在她身边是否感到乐趣是根本不去操心的,只要她自己跟他们在一起感到乐趣就行。而我呢,我认为那样的乐趣比没有还坏；当这乐趣不是为双方共享时，它就是个负数；我已不处在往日那种能见到孩子的心跟我的心一起怒放的境遇中了，也不是那种年纪了。如果这种情况还能恢复，那么，这一变得更为难得的乐趣对我来说，也只会变得更为强烈；那天上午当我抚摸苏斯瓦家的孩子时，我就感到了这一点，这不仅是因为领着那两个孩子的保姆对我不太厉害，而也是因为那两个孩子自始至终都是笑容满面，跟我在一起没有流露出不悦或者厌烦的情绪。

啊！要是我还能享受发自内心的纯洁的温情的机会，哪怕是来自一个还在襁褓中的婴儿，要是我还能在别人眼中看到和我在一起时愉快和满意的心情，那么我那虽短而甘美的感情的流露将是对我多少苦难和不幸的报偿！啊！那时我就不必到动物身上去寻求人们拒绝向我投来的善意的目光。这样的目光，我很少有机会看到，不过它们在我的记忆中总是弥足珍贵的。

这里就是一个例子，这个例子，如果我处在任何其他一种处境中，那就早该忘了，而在这里它在我心中产生的印象却很好地描绘出我景况的可悲。两年以前，我在新法兰西咖啡馆^①附近散步后，继续往前走，然后向左拐，为了绕过蒙马特尔高地，我就穿过格利尼盎古村。我心不在焉地直往前走，一面胡思乱想，两眼也不朝左右观望。忽然觉得有人把我的膝盖抱住了，原来是个五六岁的小男孩，他使劲抱着我的膝盖，以如此亲切、如此温柔的眼光看着我，使我的脏腑都为之感动了。我心想，要是我的孩子在我身边的话，他们也会这样待我的。我就把孩子抱了起来，欣喜若狂地吻了几下，然后继续前进。我在路上总感到像是少了点什么东西似的。一种越来越增长的需要促使我折回去。我责备自己不该就这样突然离开这孩子，心想

---

① 在今普瓦松尼埃路与波施龙路之间。

他的行动虽没有什么明显的动机,从中却可看出一种不该等闲视之的灵感。最后我还是屈服于这个诱惑,折了回去。我向孩子跟前跑去,再次跟他亲吻,给他一点钱买几块糕饼(小贩恰好从我们身边走过),然后就逗他聊天。我问他爸爸是谁,他指给我看,原来是个箍桶匠。我正要离开孩子去跟他父亲说话,忽然发现有个面目可憎的人已经抢在我的前面了,看来是别人派来盯我梢的密探。当这家伙跟他附耳说话时,只见那箍桶匠死死地盯着我,那眼神显然毫不友好,这个景象使我为之心寒,我赶紧离开这对父子,步子比刚才跑来时还要快些,心里却不免嘀咕,原来的情绪也被破坏无余了。

然而从此以后,这样的感情却也时常油然而生,我也曾多次从格利尼盎古村经过,一心希望再看到这个孩子;然而却再也没见到这父子俩了,那次相逢就只留下一个强烈的回忆,它就像所有偶尔还打动我心的感情一样,也是交织着甘美和苦涩的。

凡事有所失必有所得。这样的乐趣虽然既难得又短暂,但当它们出现时,我却更加尽情欢享,比经常有机会享受时还要欢畅。我把这种乐趣经常回忆,反复咀嚼;不管这种乐趣是如何难得,只要它是纯洁无瑕,那我就比自己飞黄腾达还要幸福。赤贫的人稍有所得就成了富翁。穷光蛋捡着一块银圆比财主捡着一袋金子还要高兴。我避开迫害者的监视而偷得的这样一种乐趣留在我心底的印象,人们如果能看到,是不禁会失笑的。这样的乐趣,其中最甘美的一次是在四五年前得到的,现在每加回忆,都不免为当时得到如此充分地享受而欣喜异常。

有一个星期日,我和我的妻子到马约门去吃饭。饭后,我们穿过布洛涅树林,直到拉米埃特花园;到了那里,我们就在草地上的树荫下坐了下来,等待太阳下山,好从帕西从从容容地回家。二十来个小姑娘由一个修女模样的人领着来了。她们有的就地坐下，有的就在我们身边转悠。正在她们玩耍时，来了一个卖糕饼的人，带着他的小鼓和转盘[①]，想做点买卖。我看小姑娘们都挺想尝尝糕饼的，她们当中有两三个，显然身上有几文钱，就请求那修女准许她们碰碰运气。当修女还在犹豫，跟孩子们讲道理时，我对卖糕饼的说：让这些小姐每人都转一回，钱统统由我出。这话一出口，那群小姑娘个个面有喜色。单凭这一点，即使把我钱包里的钱统统花光，我也已经得到充分的补偿了。

我看她们个个争先恐后，秩序有点乱，于是就征得修女的同意，让她们排成一行，依次去试，然后排到另一边去。为了让每个人至少

[①] 这种买卖带有赌博性质。转盘中心竖有一根立柱，一根横杆可以以它为中心旋转，横杆的一端垂下一根细线，线端有一针。转盘上从圆心画有许多道辐射线，把转盘分成许多格子。将横杆旋转后，针停在哪一格，就按该格所标明的数字得彩。

能得到一块糕饼,免得有人一无所得而大失所望,我悄悄地对卖糕饼的说,让他把平常使顾客尽量少中彩的窍门反其道而行之,让姑娘们尽量多得彩,由我出钱。这么一来,虽然二十来个小姑娘每人只转了一次,却一共得了一百多块糕饼;我一向反对纵容坏毛病,反对制造不和的偏心,在这一点上是从不动摇的。我的妻子暗示那些得彩多的小姑娘分一点给她们的小伙伴,这么一来,每人分的也就大致差不多,大家也就都高兴了。

我请那修女也来转一次,心里却生怕碰她一个钉子,不料她高高兴兴地接受了,也跟孩子们一样转了一下,取了她应得的一份。我对她表示无限的谢意,并且感到她这一行动体现了一种深合我心的礼貌,比装腔作势要好多了。在整个活动期间,孩子们之间不断有些争吵,告到我跟前,当她们纷纷到我跟前诉说时,我发现她们虽然没有哪一个说得上漂亮,可有几个还挺可爱,足以掩盖她们的丑陋。

我们最后分手了,双方都对对方感到满意,而这个下午就成了我一生中回忆起来最满意的时刻。这次欢聚并没有费我多少钱,至多三十个苏就换来了一百个埃居也难买到的满足;的确,乐趣是不可用花销来衡量的;欢乐更乐于跟铜子交朋友,但不愿跟金币结交。后来我多次在同一时刻到同一地点去,希望再次见到这群小姑娘,可是始终未能如愿。

这次遭遇使我想起另外一次类似的娱乐活动,但这已是很久以前的事了。那是在我混迹于富豪和文人之间,有时不得不共享他们乏味的乐趣的不幸的年代。当我在舍佛莱特①时,正赶上居停主人的生日;他们全家团聚,来庆祝这个节日,吹吹打打,好不热闹。演戏、筵席、

---

① 卢梭于1756年4月迁居巴黎近郊埃皮奈夫人为他提供的退隐庐。舍佛莱特也是埃皮奈夫妇的产业,离退隐庐不远。

烟火，样样不缺。人们忙得连喘气的工夫都没有，与其说是欢乐，倒不如说是给搞得头昏脑涨。吃过饭以后，大家到大路上去换换空气，当时正逢集市。人们正在跳舞，绅士老爷们不惜屈尊跟农家姑娘跳将起来，夫人们却不肯降低自己的身份。集市上正在出售黑麦甜饼。有位青年绅士异想天开，买了一些扔到人群中去，只见老百姓纷纷来抢，你推我搡，拳打脚踢，滚成一团。别人见到这一情景是如此兴高采烈，也就都来效尤。霎时间甜饼满天飞，姑娘们和小伙子们就跑呀跑呀，挤成了堆，连胳膊都要累折了。大伙看了也都心花怒放。我也不好意思不从俗，然而心里却不像他们那么欢快。不大一会儿，我感到掏腰包让别人挤成一团，实在不是什么乐趣，就离开他们，独自到集市上去闲逛。集市上各色商品琳琅满目，使我赏心悦目。有个小姑娘摊子上还有那么十来个干瘪苹果，很想早点脱手。她身边有五六个萨瓦小伙子①也很想让她早点收摊,可身上总共不过两三个铜子儿,买不了几个苹果。对他们来说,这个摊子就是赫斯珀里得斯②的果园,那小姑娘就是看守这园子的那条龙。这一喜剧场面叫我乐了好大一阵子,最后我把小姑娘的那些苹果全都买了下来,叫她分给那几个小伙子,这才收了场。这时我看到了使人心欢畅的最甘美的场面,看到了愉快的心情跟青年的纯真出现在我周围的几个小伙子的脸上。在场的人看到这情景,也都共享这一愉快,而我呢,花这么小的代价就享到这一欢乐,更因它出之我手而感到高兴。

当我把我得到的乐趣跟前面所说的那种乐

---

① 萨瓦地区在今法国东部与瑞士、意大利接壤处,十八世纪属撒丁王国。当时萨瓦人在巴黎的多半当清烟囱工人和搬运工。

② 在希腊神话中,赫斯珀里得斯是夜神赫斯珀洛斯的四个女儿,她们守卫大地女神该亚作为结婚礼物送给天后赫拉的金苹果树。

趣加以比较时，我满意地感到自然而健康的乐趣与由摆阔心理产生的乐趣之间的不同，后者几乎就是捉弄人的乐趣，是纯粹出之于鄙视别人的乐趣。当你看到由于贫困而失去身份的人，为了抢夺几块扔到他们脚下、沾满烂泥的甜饼而挤成一团、滚成一堆、拳打脚踢时，又能得到什么乐趣呢？

至于我，当我仔细思考我在这样的场合所感到的满足到底是哪一种时，我发现这种满足并不是出于做了什么好事的感觉，而更多的是看到流露喜色的笑脸时的那种乐趣。这样一种表情虽然深入我心，但我总觉得它的魅力纯粹是感官方面的魅力。如果我不能目睹别人由于我做了什么事而产生的满意心情，尽管我确信他有那种心情，我也觉得只是得到了不充分的享受。我这种乐趣甚至是一种忘我的乐趣，与我自己在其中所起的作用并无关系。在群众节日娱乐的场合中，看到他们满面笑容的这种乐趣向来都对我有强烈的吸引力,然而这样的期待在法国却时常落空。法兰西民族虽然自诩是欢快的民族,在它的游乐活动中却很少流露出欢快之情。从前我常到巴黎郊区的小酒店里去看普通老百姓跳舞,可是他们的舞蹈是如此乏味,舞姿又是如此沉闷笨拙,我在离去时,心中怀着的不是喜悦而是难受。而在日内瓦和瑞士,笑声并不是不断地化为无聊的恶意和捉弄的,群众节日活动中到处都洋溢着满意和欢快的心情。在这样的活动中,贫困并没有显示出它可憎的形象,豪华也并不那么咄咄逼人。幸福、友爱、融洽之感促使人们心花怒放,而在这纯洁的欢快气氛中,各不相识的人时常相互攀谈,相互拥抱,相互邀请对方来共同欢享节日的欢乐。我自己用不着亲自参加这样的活动,就能享受这节日的欢乐。我只消从旁观看,就能和别人一起同享,而在这么多欢快的面孔中,我确信没有哪一个人的心能比我的更加欢畅。

这虽只是一种感官的乐趣,其中却含有一定的伦理道德。何以见得?因为当我明白坏人脸上的得意欢快的表情只不过表明他们的坏心肠已经得到满足时,这同样的面容不但不能使我愉悦高兴,反而只使我痛苦悲愤得心如刀割。只有纯洁的愉快的表情才能使我的心感到欣悦。残酷的、嘲弄人的愉快的表情使我悲痛伤心,尽管这种愉快之情与我毫无干系。这样两种愉快的表情,由于它们发自如此不同的内心,不可能是完全相同的,然而它们毕竟都是愉快的表情,它们之间的差异显然不像它们在我心底激起的反应的差异那样悬殊。

我对痛苦和悲伤的表情更加敏感,当我看到这样的表情时,内心总是异常激动,比这些表情本身所体现的感情还要强烈。想象力起着加强感觉的作用,使我把自己就看成是个受苦的人,也时常使自己比这个人还要难过。我也看不得人家流露出愠色的脸,特别是当我有理由认为这种不快是与我有关的时候。我从前曾经傻得让人拽到有些人的家里去住,那里的仆役总让我为他们的主人的接待付出高昂的代价,我也不知为他们在无可奈何地侍候我时的那副阴沉不快的嘴脸付过多少埃居。我这个人对能触动人的感情的景象,特别是对那些带有欢乐或痛苦、亲切或憎恶之情的脸,总是特别容易动容,见到这样的表情,感情就为之所动,除了一走了之以外,从来无法逃脱。陌生人的一个脸色、一个手势、一个眼神都足以扰乱我的欢乐或削减我的痛苦。只有当我只身独处时我才完全属于我自己,除此以外,我就是周围所有人的玩物。

我曾在上流社会里生活过,当我在所有的人眼里只看到一片善意,或在不认识我的人的眼中看到既非善意也非恶意的眼光时,我是生活得快乐的。可是今天,有人一个劲儿让更多的人认识我,却不让他们知道我的人品,我一上街就免不了要看到叫我伤心的景象，我赶紧迈开大步向田野奔去，只要一见一片翠绿，我就能透过气来。我爱孤寂的生活，这又何足为奇呢？我在人们脸上看到的只是敌意，而大自然则永远向我露出笑脸。

应该承认，只要人们不认识我这张脸，我生活在他们之中还是感到乐趣的。然而人们却不大肯把这种乐趣赐给我。几年以前，我还喜欢串村走乡，在大清早观看农民修理连枷，观看妇女在门口看管孩子。这种景象里有着震动我心的无以名之的东西。有时我不知不觉地停下步来，看着这些善良的人的一举一动，莫名其妙地暗自赞叹。我也不知是否有人见我为这小小的乐趣动了感情，是否有人一心要剥夺我这种乐趣，反正从人们在我走过时面部表情的变化，从人们见到我时的神色，我不能不知道有人是竭力要剥夺我这种隐姓埋名的乐趣的。在残废军人院附近，这种事情表现得就更加突

出。我对这个优良的机构向来是很感兴趣的。当我看到那些老人时,总是满怀深情和敬意,他们可以像斯巴达的老人那样说:

> 当年我们也曾经
> 年轻、勇敢、有胆量。①

我最喜爱的散步场所之一就是军官学校附近,我在那里高兴地碰到几位残废军人,他们还保持着往日军人的善良,在经过我身边时跟我打个招呼。这个招呼使我非常高兴,加强了我再见到他们时的乐趣,我的心也对他们给以百倍的回报。我这人从来不会掩饰我所受到的感动,所以那时就时常讲起残废军人,讲起我在看到他们时是如何受到感动。这就错了。没

---

① 普鲁塔克的《李苏格传》中说到斯巴达人在民间节日中总有三组舞蹈。先是老年人组,边舞边唱这两行歌词,接着成人组唱"我们当今正这样,谁来也都能抵挡",然后儿童组唱"我们将来也一样,一代要比一代强"。

有多久，我发现我在他们心目中不再是个陌生人了，或者说得更正确些，我在他们眼里变得更陌生了，因为他们用跟公众同样的眼光来看我了。往日的善良消失了，招呼也不打了。令人厌恶的神气和凶狠的目光代替了他们最初的礼貌。军人所习惯的坦率使得他们不像别人那样用轻蔑和奸诈的面具来掩盖他们的敌意，他们公开对我表示最强烈的仇恨；最惨的是，有些人竟然把他们的愤怒发泄得无以复加。

从此以后，我到残废军人院附近散步的兴致就没有那么浓了。然而，我对他们的感情却并不取决于他们对我的感情，当我看到这些保卫过祖国的老战士时，总是满怀敬意和兴趣的，不过，我对他们是如此公正，而他们却如此回报，总不免为之感到难受。当我偶尔碰到个别残废军人不听别人的教唆，或者不识我的面貌，没有对我表示任何反感时，他跟我打的招呼也就补偿了别人那可憎的神气。我就把别人统统忘了,一心只想着这一个,同时设想他的心也跟我的心一样,是不让仇恨进入的。之前有一天,当我过河到天鹅岛①上去散步时,就还曾得到过这样的乐趣。一个可怜的老残废军人正坐在船上等候别人上船一起过河。我上了船,让船夫马上开船。当时正是涨水季节,过河的时间得长些。我几乎不敢跟这位军人搭讪,唯恐跟平常一样碰一鼻子灰,然而他那善良的神态终于使我放下了心,我们就攀谈起来。我觉得他挺通情达理,也很有德行。我对他那爽直亲切的口吻感到意外和高兴。我已经很久没有领受过这样的好意了。当我听说他刚从外省来到巴黎时,我的意外之感也立即消失了。我明白这是因为人家还没有把我的面貌特征告诉他,也没有教唆他应该如何行事。我利用这个隐姓埋名的身份,和一个"人"谈了一阵,从

---

① 天鹅岛,位于塞纳河中,在帕西(今第十六区)和格勒内尔(今第十五区)之间。

我得到的甘美当中，我感到，即使是最普通的乐趣，如果难得尝到，也足以提高这乐趣的价值。在下船时，他掏出两个子儿。我把渡资付了，请他把钱放回衣兜，心里却还怕他会勃然大怒呢。幸而事实不是如此，恰恰相反，他对我的好意看来是颇为感动的，特别是当我见他比我岁数还大而扶他下船时，这份感动就更加明显。我当时竟是那么孩子气，居然纵情大哭，这谁又能料到呢？我真想给他一个二十四苏的银币去买点烟草，可我不敢。同样的胆怯心情也时常阻碍我去做一些原可使我不胜愉快的好事，所以我只好徒然哀叹我的笨拙。这一次，在跟这位老残废军人分手时，我心想，如果我做了好事，又用金钱来贬低它的价值，玷污它的无私，岂不违背了我自己的原则吗？这样一想，我也就心安理得了。对那些需要得到帮助的人，应该毫不迟疑地提供援助，而在日常生活的交往中，就该凭天然的善心和礼貌行事，别让任何带有铜臭的东西来败坏或玷污这如此纯洁的源泉。据说在荷兰，连问人钟点或请人指路都要付钱。把人情之常的这点最微不足道的义务都要当成买卖来做，这样的人也未免太可鄙了。

我注意到，只有在欧洲，在家留宿客人也要收钱。而在整个亚洲，留宿客人是根本不取分文的。我也知道，那里并没有那么多的奢侈品。但是当你能说"我是人，受到人的接待，是纯洁的人情给了我这顿饭餐"时，难道这是微不足道的事吗？当你的心比你的身体受到更好的款待时，物质上小小的匮乏是算不了什么的。

漫步之十

今天是圣枝主日[①],同华伦夫人初次见面,至今已经整整五十年了。她那时是二十八岁[②]。我还不到十七。我当时的性格还没有定型,连我自己也不了解,但它却给她那颗生来就充满生命活力的心带来了新的温暖。如果说,她对一个活泼而温柔朴实的少年怀有好感是不足为

---

① 圣枝主日是复活节前的礼拜天,卢梭是在1728年的那一天(3月21日)同华伦夫人相识的。这篇《漫步之十》写于1778年4月12日,没有写完,作者就在5月20日离巴黎迁居吉拉丹侯爵在埃尔姆农维尔的别墅中,7月2日在那里猝然离世,这篇《漫步》也就始终没有完成。

② 华伦夫人生于1699年。关于卢梭和华伦夫人在安纳西的初次见面,见《忏悔录》第二章。

奇的话，那么，一个富有机智和风度的迷人的女子，使我除了感激之情以外，还产生我当时还无以名之的最亲切的感情，那就更不足为奇了。然而不同寻常的是，这最初的时刻对我整个一生起了决定性的作用，同时一种不可避免的关联，铸就了我在余年中的命运。我心灵中最可贵的气质那时还根本没有被我的器官培养出来，还不具备确定的形态。它正在迫切期待着取得这一确定形态的时刻，而这一时刻，虽然这次相遇起着加速的作用，却并没有那么早就到来。我所受的教育赐予我的是淳朴的道德，正当我看到爱情和纯真在我心中同时并存的这种甜蜜而短促的状态要长期延续下去时，她却把我打发走了①。一切都使我怀念她，我必须回到她的身边。这次归来决定了我的命运，而在

---

① 卢梭在安纳西住了几天，就被送到撒丁王国的首都都灵，进了一个天主教的教养院，那是为训练行将参加洗礼的新入教者而建立的。

我占有她以前很久,我就只是活在她的心中,只是为她而活着。我有了她就别无他求,如果她也和我一样,有了我就别无他求,那该多好啊!我们将会在一起度过怎样恬静甜蜜的日子!这样的日子,我们也曾度过,但是短暂,转瞬即逝,而随之而来的又是怎样的命运!我没有哪一天不在愉快地、怀着深情回忆起这段时期,这是我不受干扰、没有阻碍地充分体现我自己的时期,现在可以理直气壮地说这是我真正生活过的唯一而短暂的时期。从前在韦斯帕西安①治下有位大法官被贬谪居乡间,他说:"我在这世上度过了七十个寒暑,但是我真正生活才七年。"我现在差不多也可以说这样的话。要是没有这段虽然短暂然而宝贵的日子,我也许至今对我自己还缺乏充分的认识,因为在我一生的其他时期,我这个生性软弱忍让的人被

---

① 韦斯帕西安(9—79),罗马皇帝(69—79)。

别人的感情如此摆布、激荡和左右,在那动荡不安的一生中几乎总是处于被动地位,而那严酷无情的必然又没有一天不紧压在我的头上,我就很难在我自己的所作所为中区别出究竟哪些是真正出于我的自愿的了。在这短短的几年中,我得到一个无比温柔体贴的女人的爱,做我愿做的事,做我愿做的那样一个人,同时充分利用我的余暇,在她的教导和榜样的帮助下,终于使我这淳朴得如同一张白纸的心灵最好地体现它的本质,而且从此就永远保持下去。对孤寂和沉思的爱好,它跟作为我心养料的易于外露的温柔感情一起,在我的心中滋生了。嘈杂喧嚣束缚扼杀我的感情,而宁静平和则使之振奋激扬。我只有在心思集中时才能有所爱。我说服妈妈[①]搬到乡间去住。山坡上的一所孤立的房子就成了我们的隐居之所;正是在那里,

---

[①] 十七岁的卢梭在回到华伦夫人身边时就称她为"妈妈"。当她后来成了他的情妇后也一直保持这个称呼。

在四五年间,我饱享了一个世纪的生活,饱享了纯真而充分的幸福,它以它的魅力遮掩了我命运的恐怖。我那时需要一个称心如意的女友,我得到了。我渴望乡间,我也到了那里。我不能忍受限制,我那时得到了充分的自由,而且更甚于自由,因为我只受我的爱好的限制,只做我想做的事。我的全部时间都充满了温馨的关怀,充满了乡间的劳作。我别无他愿,只盼这种如此甜蜜的境界能继续下去;我唯一的苦恼就是担心好景不长,而这种担心产生于我们的处境的困难,并非是毫无根据的。从那时起,我就一心只想一面排遣这种担心,一面找到防止它产生后果的办法。我想,培养出一些才能是防止贫困的最可靠的办法,为此我就下了决心去把余暇用在准备工作上,如有可能,使我能去报答我从这位最优秀的女人那里得到的帮助。